ELRIC
DES DRAGONS

ŒUVRES DE MICHAËL MOORCOCK
DANS PRESSES POCKET

LE CYCLE D'ELRIC

1. ELRIC DES DRAGONS
2. LE MARIN SUR LES MERS DU DESTIN (à paraître)
3. ELRIC LE NÉCROMANCIEN
4. LA SORCIÈRE DORMANTE
5. L'ÉPÉE NOIRE
6. STORMBRINGER

LE LIVRE D'OR DE LA SCIENCE-FICTION : MICHAËL MOORCOCK, anthologie réunie et présentée par Maxim Jakubowski

SCIENCE-FICTION
Collection dirigée par Jacques Goimard

MICHAËL MOORCOCK

LE CYCLE D'ELRIC

ELRIC DES DRAGONS

Traduit de l'anglais par
DAPHNÉ HALIN
avec une préface et une postface de
MICHAËL MOORCOCK
traduites de l'anglais par
BRIAN HESTER

PRESSES POCKET

Titre original :
ELRIC OF MELNIBONÉ

ISBN : 2-266-02097-8

En souvenir de Poul Anderson et de ses romans : *The Broken Sword* et *Trois cœurs, trois lions.* En mémoire de feu Fletcher Pratt et de son œuvre *The Well of the Unicorn.* En mémoire du défunt Bertold Brecht pour son *Opéra de Quat' Sous* que je considère, pour d'obscures raisons, à l'égal de ces romans, comme l'une des principales sources d'inspiration des contes d'Elric

PRÉFACE

La vie secrète d'Elric de Melniboné
par Michaël Moorcock

Il y a quelques années de cela, à l'âge de dix-huit ans, j'écrivis un premier roman intitulé *The Golden Barge.* C'était une fantaisie allégorique narrant les aventures d'un petit homme un peu sot, et très largement ignare, qui suivait le cours d'une rivière apparemment interminable, cherchant à rattraper une Péniche d'Or qui, pensait-il, contenait toutes les vérités, tous les secrets, toutes les solutions à ses problèmes. Au cours de son voyage, il rencontrait divers groupes de gens, il avait même une liaison amoureuse et ainsi de suite... Cependant, malgré toutes ses tentatives pour atteindre la Péniche d'Or, celle-ci semblait toujours plus inaccessible. La rivière représentait le Temps. Et la Péniche était le symbole de ce que l'Humanité a toujours cherché en dehors d'elle (alors que la solution se trouve en elle), etc., etc. Ce roman, comme il est normal pour ce genre de texte, se terminait mal. En outre, comme cela m'apparut clairement à la fin, mon traitement de nombreuses scènes était maladroit et montrait mon manque de maturité. Je le détruisis donc, décidant qu'à l'avenir mes allégories seraient intégrées dans une narration plus conventionnelle et que les meilleurs symboles sont ceux que l'on trouve dans les objets les plus familiers. Comme les épées, par exemple.

Jusqu'à l'âge de vingt ans environ, je fus passionné par les histoires de « fantasy », et particulièrement par la « sword and sorcery »[1] telle qu'on la trouve sous la plume de Robert E. Howard, Clark Ashton Smith ou autres. Cependant cet intérêt commença à décroître au fur et à mesure que je découvris d'autres formes de littérature moins fondées sur le sensationnel. Seules une ou deux séries d'histoires de « sword and sorcery » me ravissent encore. Je pense à *The Broken Sword* de Poul Anderson ou encore au *Cycle des Epées*[2] de Fritz Leiber. Peu de temps avant cet effondrement des valeurs anciennes, je fus en liaison avec Sprague de Camp et Hans Santessen, le rédacteur de *Fantastic Universe,* qui me proposèrent de composer de nouvelles aventures de Conan. Un peu plus tard, à l'automne 1960, je crois, alors que je travaillais pour la *Sexton Blake Library*[3] et que j'étais lecteur de S.F. pour *Suspense* (l'éphémère compagnon d'*Argosy*)[4], je fis la rencontre d'un collègue de *Fleetway Publications,* Andy Vincent, ami de vieille date d'Harry Harrison[5] (lui-même free-lance pour *Fleetway*). Andy avait rendez-vous avec Harry ainsi que Ted Carnell[6] et il me proposa de me joindre à eux. Je me souviens que c'est ainsi que je fis leur connaissance. J'avais auparavant vendu deux nouvelles à Ted, dont une écrite en collaboration avec Barry Bayley, mais tout cela ne m'avait guère mené très loin. Nous nous retrouvâmes donc dans un pub, et là, parlant de Robert E. Howard avec Ted, celui-ci me fit part de son projet de passer dans *Science Fantasy* des nouvelles de style « Conan ». Je racontai alors les idées que nous avions eues pour *Fantastic Universe* et qui n'avaient jamais abouti en raison de la faillite de ce magazine. Je possédais encore ce que j'avais préparé alors et il ne tenait qu'à Ted de lire ces histoires. Comme il était d'accord, je lui fis parvenir quelques jours plus tard un premier chapitre ainsi qu'un synopsis d'histoire « à la Conan ». Mais, pour dire la vérité,

1. Encore appelée *heroic fantasy* ou *épopée fantastique*. (N.d.E.)
2. Presses Pocket (6 vol.).
3. Maison d'édition anglaise. (N.d.E.)
4. Revues anglaises. (N.d.E.)
5. Auteur de *Soleil vert* (Presses Pocket).
6. Alors rédacteur en chef de *New Worlds*. (N.d.E.)

écrire une histoire dans le style de Howard est un genre qui a ses limites et je n'étais guère enthousiaste à l'idée de continuer en cas d'acceptation de Ted.

Or Ted accepta. Ou tout au moins déclara qu'il aimait ma façon d'écrire mais qu'il y avait eu un malentendu. Il ne voulait pas d'un pastiche de Conan. Il voulait du neuf.

Voilà qui me convenait mieux ! Je décidai donc de créer un héros aussi différent que possible des habituels clichés de la « sword and sorcery » et, pour cela, d'exploiter le récit en en faisant le véhicule de mes idées « sérieuses ». En fait — mais je ne le comprends qu'aujourd'hui — beaucoup de mes idées péchaient alors par excès de romantisme et par ma langueur, lointaine séquelle d'une tragique histoire sentimentale qui n'en finissait pas de s'achever, me plongeant dans la mélancolie et la confusion. J'étais alors un tâcheron, écrivant à la tonne des récits pour Fleetstreet [1], gagnant quelque 70 ou 80 livres par semaine dont la plus grande part partait en boissons et, pour autant que je m'en souvienne, dans de nombreux massacres de vaisselle dans les pubs. Je conserve ainsi avec une grande fierté le souvenir de mon plus bel exploit de cet hiver 1960/61 lorsque je réduisis en miettes la porte de verre prétendument incassable d'un restaurant fort connu dans le quartier de Piccadilly et où la direction vint me présenter ses excuses...

Je ne rappelle ces anecdotes que pour mieux décrire mon état d'esprit lors de la création d'Elric. En effet, dans ses premières aventures, Elric se déplaçait dans un univers assez semblable au mien. Pour moi, Elric *c'était* moi (tout au moins, le moi des années 60 !). Nous avions en commun les mêmes caractéristiques troubles du traître et du trahi, un abasourdissement identique face à l'existence et le même désir de trouver des solutions ; car toutes ces formes d'incompréhension menant à la violence, au cynisme ou au désir de puissance, tout cela venait de moi. Ainsi lorsque j'eus la chance d'écrire *La*

1. La rue de Londres où se trouve le siège des principaux journaux. (N.d.E.)

Cité qui rêve[1], je poussai encore plus loin l'identification avec mon héros, mon héros-traître, me considérant moi-même comme une sorte de paria (avec le recul, encore une de ces idées romantiques totalement sans fondement) et, en conséquence, j'exagérai encore les outrances physiques d'Elric :

« *Sa parure étrange, vulgaire et criarde ne s'accordait pas avec son visage délicat et ses longues mains fines, pourtant il la portait avec morgue car elle était le symbole de son indépendance. — En fait, il était un paria et un proscrit ! Cependant, en réalité, il n'avait nul besoin de se déguiser de la sorte, car (...) il était albinos, pur, et tirait sa puissance d'une source secrète et terrible.* »

L'histoire était pleine de symboles personnels (comme d'ailleurs sont toutes mes histoires à l'exception d'une ou deux). Quant à « sa source secrète et terrible », il s'agissait de son épée Stormbringer, métaphore de mes propres tendances comme de l'humanité en général : avoir recours aux aides extérieures, tant mentales que physiques, plutôt que de soigner directement ses faiblesses. Pour dire plus, Elric, à mon avis, symbolise l'ambivalence de la nature humaine en général, les couples amour/haine, avarice/générosité, confiance/égarement, etc. Elric est un voleur qui se croit volé, un amoureux qui déteste l'amour. Bref, il ne peut croire en rien, en nulle vérité, pas même en ses propres émotions ou ambitions. Ceci apparaît encore plus clairement dans un texte contenant une allégorie encore plus directe, *Tandis que rient les dieux*[2], qui fut chronologiquement mon second récit. Malheureusement Ted n'a pas retenu en entier les vers d'où était extrait le titre :

« *Et moi, tandis que rient les dieux, tourbillon du monde,*
Maelstrom des passions dans cet océan oublié
Dont les vagues éternelles battent mes côtes... »

Mervyn Peake (*Shapes and Sounds*).

Voilà qui, à mon avis, éclaire d'une lumière nouvelle à la fois le titre et cette histoire illustrant la longue quête du Livre du Dieu Mort. — Cet ouvrage mythique qui,

1. In *Elric le Nécromancien* (Presses Pocket).
2. In *Elric le Nécromancien* (Presses Pocket).

dit-on, contient toute la connaissance universelle et où Elric espère découvrir enfin le sens véritable de l'existence humaine, même s'il exprime parfois son besoin d'une manière fort rhétoricienne. Ainsi lorsque Shaarilla de la Brume Dansante, la femme sans ailes, lui demande pourquoi il désire tant ce livre, Elric répond :

« *Je désire, si tu veux le savoir, une ou deux choses.*

— *Lesquelles, Elric ?*

— *Existe-t-il un dieu ultime ou non ? Voilà ce qu'il me faut savoir, Shaarilla, pour donner un but à ma vie. Nos existences sont-elles gouvernées par la Loi ou par le Chaos ? Les hommes ont besoin d'un Dieu, c'est du moins ce que les philosophes nous disent. Mais l'ont-ils fabriqué ou est-ce Lui qui les a fabriqués ? Nous savons que les Dieux Anciens, comme nous les appelons, vivaient jadis et sont morts. Mais étaient-ils des êtres réellement supérieurs ?* »

Ici, comme dans d'autres passages, le trouble s'exprime en termes métaphysiques, car, en ce temps, principalement en raison de mon éducation, j'étais pétri de mysticisme et ce vocabulaire métaphysique convenait parfaitement à ma vision d'un héros de « sword and sorcery » dans son univers a-technologique.

Il vous paraîtra peut-être étrange que j'emploie certaines phrases telles que « en ce temps », comme si je faisais allusion à un passé très reculé, mais, en bien des points, je me sens infiniment plus mûr maintenant. J'ai donné à ma vie une orientation plus intéressante et tout ceci me fait effectivement l'effet de se situer dans un passé très ancien.

Le Livre du Dieu Mort est gardé dans un abîme souterrain que j'ai délibérément posé comme un symbole d'une matrice-mère et qu'Elric finit par découvrir après une conversation philosophique avec le Gardien du Livre. Ce passage me semble maintenant quelque peu outré mais, pour le meilleur ou pour le pire, le voici :

« *C'était un immense livre — le Livre des Dieux Morts, à la reliure incrustée de gemmes inconnues d'où la lumière émanait. Il resplendissait, il palpitait de lumière et de couleurs !*

— « *Enfin, s'exclama Elric d'une voix étouffée, enfin, la Vérité !* »

Il avança du pas d'un homme ivre et ses mains se tendirent vers l'objet qu'il avait cherché avec une si implacable obstination. Ses mains touchèrent la reliure palpitante et l'ouvrirent en tremblant.

— « *Enfin je vais savoir* », *dit-il avec une avidité triomphale.*

La reliure tomba au sol avec fracas, envoyant rouler et rebondir les pierreries sur le pavage.

Sous ses mains frémissantes, il n'y avait plus qu'un tas de poussière jaunâtre. »

Le Livre du Dieu Mort et *The Golden Barge* ont un point commun : ils n'ont aucune existence réelle si ce n'est dans les désirs imaginaires de l'Homme. L'histoire nous apprend que le Saint Graal n'existe pas. Il n'y a pas de magie qui transforme en une nuit l'humanité, la faisant passer de l'ignorance confuse à la connaissance universelle. La réponse que cherche l'Homme est en lui et il doit s'exercer à l'y découvrir. Voilà un fait que l'histoire ne cesse de nous seriner, mais qui reste encore bien généralement ignoré ! *Le Voleur d'âmes,* ma troisième histoire, prolonge encore ce thème, mais en ajoutant une nouvelle génération de symboles, car, tout en conservant les symboles de Jung tels qu'ils apparaissaient déjà inhérents au matériau mythique, j'y adjoignis quelques symboles freudiens dans une tentative cynique et même relativement vulgaire de rendre le cycle plus populaire. Et pourtant, il apparut que cela fonctionnait ! *Le Voleur d'âmes,* quel que soit le reste de son contenu, est également une des histoires les plus pornographiques que j'aie jamais écrites. En termes freudiens, ce n'est rien d'autre que la description d'une nuit d'amour...

Et ceci me conduit sur une autre piste. Bien qu'il n'y ait pratiquement aucune description de rapports sexuels dans mes histoires, ou que cela ait été voilé sous un masque romantique, néanmoins la saga d'Elric présente, autant dans ses situations que dans ses symboles, une lourde ambiance de sexualité sous-jacente. Il en va de même pour la plupart des histoires de « sword and sorcery », mais je crois être le premier auteur à avoir utilisé ce matériau aussi intensivement, et surtout en pleine connaissance de cause. Si je n'avais pas été un peu indisposé par le succès que connut *Le Voleur d'âmes* (je parle ici du magazine et non du livre), j'aurais même sans doute fait un emploi plus poussé de ce que je venais de découvrir ainsi...

De nombreux critiques ayant déjà souligné les rapports étroits que les histoires d'horreur (et même celles de S.F.) entretiennent avec la pornographie, il me semble inutile de revenir plus longuement sur le sujet, car le contenu érotique de la saga d'Elric ne m'intéresse pas spécialement et j'ai déjà insisté en maints endroits sur les liens unissant sexe et violence. Et, effectivement, on peut en trouver des dizaines d'exemples dans ces histoires, surtout lorsqu'on connaît la manière dont je m'impliquais personnellement dans des aventures amoureuses ou violentes à l'époque où j'écrivais ces récits. D'ailleurs, l'interprétation que j'en porte aujourd'hui est elle-même sujette à nouvelles interprétations !

Ainsi ces allégories se retrouvent tout au long du cycle d'Elric, même si, au cours des récits, elles tendent à changer de nature au fur et à mesure que mes propres idées prenaient forme et maturité. Dans la dernière histoire du cycle d'Elric, Stormbringer[1], son épée, son soutien, se retourne contre lui et le transperce, démontrant qu'à un certain niveau, les fantasmes des hommes peuvent se retourner contre eux et les conduire à leur perte. Hitler, par exemple, a élaboré son prétendu credo politique à partir d'une série de fantasmes déments (comme on peut le lire dans *Le Matin des Magiciens*[2]). C'est une vieille question devenue banale à force d'avoir été entendue, mais combien de choses auxquelles nous croyons *sont-elles* vraies et qu'y a-t-il de vrai dans nos *souhaits ?* Hitler rêvait d'un Reich de Mille Ans, Chamberlain, dans le même temps, déclarait qu'il n'y aurait pas de guerre. Tous deux étaient pleinement sincères et convaincus. Tous deux étaient

1. *Stormbringer* (éd. Presses Pocket).
2. De Louis Pauwels et Jacques Bergier.

dans une ignorance hallucinante de la réalité la plus évidente. De même la plupart des gens (et pas seulement les politiciens qui, dans leurs déclarations publiques, ne présentent que rarement le fond de leurs pensées) sont encore aujourd'hui incapables de voir les faits en face. Je n'ai rien découvert. Ceci est aussi vieux que l'humanité. C'est pourtant le message principal qui s'exprime dans l'ensemble de mon œuvre. Moi-même, travaillant comme rédacteur d'une publication émanant d'un parti politique (une revue qui se présentait comme un magazine d'information à l'usage des candidats du parti), je n'ai pu que me renforcer dans ces convictions. L'élaboration des mystifications est un processus étrange qui ne se produit que dans certaines conditions : on rassemble des faits, on les décrit et une image s'en dégage. Cette relation, bien que colorée par la personnalité des rédacteurs, reste encore relativement fidèle. On la donne alors à un politicien. Si c'est un homme intègre, il n'altère pas délibérément les faits, mais il en fait une présentation simplifiée destinée à être comprise par le plus grand nombre (c'est du moins ce qu'il pense). Ceci implique un choix, qui peut radicalement changer l'image de départ, même si ceci s'accomplit hors de sa volonté. Une autre catégorie d'hommes politiques, par contre, sélectionne et altère sciemment les faits pour mieux organiser la démonstration souhaitée. C'est ainsi que commence la mystification, jusqu'à ce que, comme c'est souvent le cas, les faits eux-mêmes viennent à disparaître irrévocablement.

Ainsi la confiance que nous vouons à ces pseudo-savoirs qui n'ont d'autre fonction que de nous faire croire à la réalisation de nos souhaits, est une attitude particulièrement dangereuse. Et ceci est un des principaux messages de la saga d'Elric.

Ne croyez pas que je vous demande d'aller rechercher dans ces histoires les symboles et les allégories. La raison principale qui me fit abandonner *The Golden Barge* est que cela ne formait pas une bonne histoire attrayante. Le saga d'Elric est destinée avant tout à distraire, mais si quelqu'un veut prendre la peine de dépasser ce premier niveau et de chercher une substance autre, il la trouvera.

L'une des raisons principales qui m'ont fait adopter une telle attitude lorsqu'on m'a demandé d'écrire un article sur Elric vient de la déception éprouvée quand le premier livre a été rejeté par certains critiques professionnels (qui, apparemment, ne s'étaient pas donné la peine de le lire attentivement si tant est qu'ils l'aient lu) et qui prétendirent qu'il n'y avait là qu'une imitation de Conan. Quand, dans votre histoire, vous mettez émotions et idées — vos propres émotions, vos propres idées — il ne vous est pas très agréable de vous faire traiter de plagiaire ou d'imitateur, que l'histoire soit bonne ou mauvaise. Le enième roman racontant l'histoire d'un jeune cadre amoureux d'une jeune fille de bonne famille et entretenant des relations avec une femme mariée vient probablement de paraître, pourtant personne n'aura l'idée de traiter l'auteur d'imitateur ou de plagiaire. C'est l'usage qu'on fait d'une matière donnée qui importe. Non la matière elle-même.

The Secret Life of Elric of Melniboné
(1967)

PROLOGUE

Voici l'histoire d'Elric avant que de sa cousine ce seigneur ne devienne le meurtrier, avant que de Melniboné la chute ne soit. Voici l'histoire de sa rivalité avec son cousin Yyrkoon et de son amour pour sa cousine Cymoril, avant que cette rivalité et cet amour Imrryr, la Cité qui Rêve, aux pirates des Jeunes Royaumes et aux flammes ne livrent. L'histoire de deux funestes épées, Stormbringer et Mournblade, l'histoire de leur découverte et du rôle qu'elles jouèrent dans le destin d'Elric et de Melniboné — un destin qui devait forger un destin plus grand encore, celui du monde. L'histoire du Prince Elric, l'histoire de ce Seigneur des Dragons, de la flotte et du peuple presque humain qui dominèrent le monde dix mille années durant.

C'est le récit tragique de Melniboné, l'Ile aux Dragons. Le récit de grandes ambitions, de passions monstrueuses. Le récit de sorcelleries, de trahisons, le récit de nobles idéaux, de souffrances et de joies cyniques, le récit du tourment de l'amour et de la douceur de la haine. C'est le récit d'Elric de Melniboné, qu'Elric lui-même très souvent ne devait revoir que dans ses cauchemars.

Chronique de l'Epée Noire.

LIVRE UN

Dans l'Empire de Melniboné règnent encore les rites ancestraux, bien que se soit éteinte, depuis cinq cents ans, la puissance de ce Glorieux Empire. A la croisée des routes des marchands, l'Ile vit aujourd'hui du commerce avec les Jeunes Royaumes. Ces rites ont-ils encore leur raison d'être ? Peut-on s'y dérober sans courir à la ruine ? Celui qui convoite le trône d'Elric prétend que non. Il prétend même qu'Elric entraînera Melniboné à sa ruine en refusant de se soumettre à tous les rites (celui-ci en pratique un certain nombre cependant). Et voici que commence la longue tragédie qui, finalement, précipitera la chute de ce monde.

1

UN ROI MÉLANCOLIQUE QUE SA COUR S'ÉVERTUE À DIVERTIR

UN teint d'une pâleur mortelle. De longs cheveux d'une blancheur laiteuse, qui tombent plus bas que les épaules. Des yeux en amande, de tristes yeux couleur de rubis, dans un beau et long visage. Deux fines mains de cette même blancheur cadavérique, qui émergent des manches vagues d'une robe jaune pour reposer sur les bras d'un fauteuil en rubis massif.

Les yeux pourpres sont inquiets. Parfois une main se lève pour palper le heaume léger qui recouvre les boucles blanches : un heaume fait d'un alliage verdâtre moulé, dans l'attitude d'un dragon qui prend son envol. Cette main qui caresse distraitement la couronne impériale s'orne d'un anneau sur lequel est montée cette pierre rare d'Actorios, dont le noyau parfois s'esquisse puis s'estompe, aussi insaisissable que la volute de fumée, aussi impétueux dans sa prison de pierre que le jeune albinos sur son Trône de Rubis.

Le regard du roi parcourt la longue volée de l'escalier de quartz et se pose enfin sur le lieu des ébats de sa cour. Les danses y sont si gracieuses, les conversations si courtoises, qu'il pourrait se croire dans une cour de fantômes. Son esprit est la proie de problèmes infinis, et c'est cela même qui différencie le roi de la majorité de ses sujets, car ces sujets ne sont pas des êtres humains.

Ses sujets : le peuple de Melniboné, l'Ile aux Dragons, qui dix mille années durant a gouverné le monde et s'est vu retirer ce privilège il y a moins de cinq cents ans. Ils sont intelligents et cruels ; et pour eux la moralité n'est rien de plus que le respect bienséant de traditions séculaires.

Pour le jeune homme, ultime représentant des quatre cent vingt-huit Empereurs-Sorciers de Melniboné, leurs propos sont non seulement présomptueux mais également insensés. Il est évident que l'Ile aux Dragons a perdu de sa puissance et que, dans un siècle ou deux, elle entrera dans un grave conflit avec les nouvelles nations qu'ils appellent, non sans quelque condescendance, les Jeunes Royaumes. Des pirates ont déjà attaqué, en vain, Imrryr la Belle, Imrryr la Cité qui Rêve, la capitale de Melniboné, Melniboné l'Ile aux Dragons.

Et pourtant même les amis intimes de l'Empereur refusent d'envisager la chute de Melniboné. Il leur déplaît que l'Empereur en parle ; ils voient là des propos non seulement inconcevables mais fort incongrus.

L'Empereur est donc le seul à être hanté par ces pensées. Il regrette que son père, Sadric LXXXVI, n'ait pas engendré plus d'héritiers, car il aurait alors pu léguer le Trône de Rubis à un monarque plus compétent que lui. Depuis un an Sadric n'est plus. A celui qui était venu ravir son âme, il avait souhaité la bienvenue dans un gai murmure. Presque toute sa vie durant, Sadric n'avait connu qu'une seule femme, son épouse, qui était morte en mettant au monde cet enfant de race pure qui devait être son fils unique. C'est une passion toute melnibonéenne, singulièrement différente des passions dont étaient capables ces parvenus, qui anima l'amour que Sadric vouait à son épouse, une passion exclusive qui devait l'empêcher d'apprécier toute autre compagnie, même celle du fils qui l'avait tuée en naissant et qui était tout ce qui restait d'elle. Ce fils avait été nourri de chants runiques, de potions magiques et d'herbes rares. Il avait puisé une force artificielle dans l'art des Rois-Sorciers de Melniboné. Il avait survécu — et vit encore aujourd'hui — par le seul secours de la sorcellerie, car il est de nature faible, et sans ces drogues il serait à peine capable de se tenir debout toute une journée durant.

Le seul privilège que cette faiblesse ait pu accorder au jeune Empereur, ce sont de longues heures de lecture.

Avant l'âge de quinze ans, il avait lu tous les livres de la bibliothèque de son père, et en avait même relu certains. Dans l'art de la sorcellerie, dont Sadric lui avait inculqué les premiers éléments, il surpassait maintenant ses ancêtres ; ceux-ci étaient des générations durant demeurés de cet art les maîtres incontestés. Il connaît parfaitement la géographie des terres qui s'étendent au-delà des rivages de Melniboné, sans avoir pourtant souvent parcouru ces régions du monde. S'il le voulait, il pourrait restaurer la puissance de l'Ile aux Dragons et devenir le tyran invulnérable de son royaume et des Jeunes Royaumes. Mais ses nombreuses lectures lui ont aussi appris à se demander à quoi sert la puissance. Ses lectures l'ont ainsi amené à cette « éthique » qu'aujourd'hui encore il comprend mal. Aussi devient-il pour ses sujets une énigme, et pour certains même un danger : en effet, il ne pense pas et n'agit pas comme ils considèrent qu'un vrai Melnibonéen — et qui plus est un Empereur — devrait penser et agir. Son cousin Yyrkoon, par exemple, a souvent contesté le droit de l'Empereur à gouverner le peuple de Melniboné. « Cet érudit à la faible nature va nous mener à la ruine », dit-il une nuit à Dyvim Tvar, le Seigneur des Cavernes des Dragons.

Dyvim Tvar est l'un des rares amis de l'Empereur, à qui il avait rapporté les propos d'Yyrkoon. Si les ancêtres du jeune homme, pour punir un tel acte, avaient coutume de conduire le traître à la potence afin de jouir du spectacle d'un supplice raffiné, le jeune homme, lui, se contenta de qualifier cet incident de « simple trahison banale ».

L'Empereur doit jouer un jeu subtil car Yyrkoon, qui s'obstine à penser que c'est lui qui devrait régner, est le frère de Cymoril, une jeune femme que l'albinos considère comme sa plus grande amie, et qui sera un jour l'Impératrice de Melniboné.

En bas, sur la mosaïque de la cour, le Prince Yyrkoon arbore ses plus belles soieries, ses plus belles fourrures et ses plus beaux bijoux. Il se fait le cavalier de nombreuses dames, dont chacune, soi-disant, a été sa maîtresse un jour. Les boucles de ses longs cheveux noirs brillants encadrent des traits sombres qui furent jadis d'une beauté saturnienne. Il a toujours cette même expression sardonique, cette même attitude arrogante. Sa lourde robe de brocart flotte autour de lui. Elle va heurter les autres danseurs avec une certaine violence, la violence du choc d'une arme, peut-être d'une armure. Le Prince Yyrkoon est très respecté des courtisans. Rares sont ceux qui n'apprécient pas son arrogance, et ceux-là se taisent car Yyrkoon est un grand sorcier. Son attitude est de celles que la cour aime chez un noble Melnibonéen ; c'est l'attitude qu'elle aimerait voir adopter par son Empereur.

Et cela, l'Empereur le sait. Il aimerait gagner la faveur de cette cour, qui l'honore de ses danses et de son esprit, mais il ne peut se résoudre à prendre part à ce qu'il considère comme un rite ennuyeux et agaçant. En cela il est peut-être plus dédaigneux qu'Yyrkoon, qui lui au moins se plie aux conventions.

Dans les galeries, la musique redouble d'effets et d'intensité à mesure que les esclaves — qui ont subi une opération chirurgicale, puis un entraînement, pour chanter une note unique mais parfaite — amplifient leurs efforts vocaux. Même le jeune Empereur ne peut rester insensible à la mélodie lugubre de leur chant, qui a quelque chose de primitif. « Comment expliquer que leur souffrance engendre une chose si belle ? » se demande-t-il. La souffrance engendre-t-elle toujours la beauté ? Est-ce là le secret du grand art des humains et des Melnibonéens ?

L'Empereur Elric ferme les yeux.

Un brouhaha s'élève dans le hall, en bas. Les portes se sont ouvertes, les courtisans ont interrompu leurs danses, ils font place et s'inclinent devant les soldats qui s'avancent. Leur uniforme a le bleu du ciel, leur heaume de parade une forme extravagante, leur haste au large fer est ornée de rubans de bijoux. Ils escortent une jeune femme dont la robe bleue s'harmonise parfaitement avec la couleur de leur uniforme. Cinq ou six bracelets de diamant, de saphir et d'or ceignent ses bras nus. Des colliers de diamants et de saphirs ornent sa chevelure. A la différence de la plupart des dames de la cour, elle ne porte aucun maquillage sur les paupières et les joues. Cette jeune femme, c'est Cymoril. Elric sourit. Les soldats sont sa garde personnelle ; comme le veut la tradition, ils l'escortent lors de ses visites à la cour. Ils gravissent les marches qui conduisent au Trône de Rubis. Elric se lève lentement et tend ses mains.

— Cymoril ! Je croyais que tu avais décidé de ne pas honorer la cour de ta présence ce soir.

Elle lui rend son sourire.

— Mon Empereur, j'ai finalement pensé qu'il me serait agréable de converser avec toi.

Elric lui en est reconnaissant. Elle sait qu'il s'ennuie et elle sait aussi qu'elle est l'une des rares personnes de Melniboné dont la conversation intéresse l'Empereur. Si le protocole le permettait, il lui offrirait de prendre place sur le trône, mais il faut qu'elle s'assoie sur le haut des marches, à ses pieds.

— Je t'en prie, assieds-toi, douce Cymoril.

Il prend de nouveau place sur le trône et se penche vers Cymoril ; elle le regarde dans les yeux avec une expression de tendresse amusée. Elle parle à voix basse. Son garde se retire pour aller rejoindre le garde d'Elric sur le côté des marches. Seul Elric entend désormais ce qu'elle lui dit.

— Viendrais-tu chevaucher demain avec moi dans la région sauvage de l'île, mon seigneur ?

— J'ai quelques questions à régler...

Mais cette idée lui plaît. Il y a des semaines qu'il n'a pas quitté la cité pour une chevauchée avec elle, leurs escortes les suivant à distance respectueuse.

— Ces questions sont-elles si urgentes ?

Il hausse les épaules.

— Quelles questions sont urgentes à Melniboné ? Après dix mille ans, la plupart des problèmes peuvent être considérés avec un certain recul.

Il sourit, d'un sourire qui est presque une grimace, la grimace d'un jeune élève qui complote de faire l'école buissonnière.

» D'accord. Nous partirons demain matin, à l'aube, avant que les autres soient levés.

— Lorsque nous aurons quitté Imrryr, l'air sera vif et pur, le soleil chaud pour la saison, le ciel bleu et serein.

Elric sourit.

— A quelle pratique secrète t'es-tu livrée ?

Cymoril baisse les yeux et trace un symbole sur le marbre.

— J'ai des amis parmi les Elémentaires...

Elric se penche pour toucher ses beaux cheveux blonds.

— Yyrkoon le sait-il ?

— Non.

Le Prince Yyrkoon a interdit à sa sœur de s'adonner aux choses de la magie. Le Prince Yyrkoon a des amis parmi les êtres surnaturels les plus mystérieux, et il sait combien il est dangereux de commercer avec eux. Il en a donc conclu que toute pratique de sorcellerie présente un danger équivalent. De plus, il abhorre la pensée que d'autres sont susceptibles de posséder une puissance comme la sienne. La puissance, c'est peut-être ce qu'il déteste le plus chez Elric.

— Espérons que Melniboné aura besoin de soleil demain, dit Elric. Cymoril le regarde de façon singulière. Elle est avant tout une Melnibonéenne, et il ne lui viendrait pas à l'esprit que d'aucuns puissent réprouver ses pratiques occultes. Elle hausse ses jolies épaules et effleure la main de son seigneur.

— Cette *faute,* cette pénétration de la conscience. Son objet dépasse mon humble entendement.

— Le mien aussi, il me faut l'avouer. Cette pénétration semble n'avoir aucun rôle pratique. Et pourtant, plus d'un ancêtre avait auguré de la mutation de notre Terre, une mutation spirituelle et physique. De toutes mes pensées, celles qui sont différentes des pensées melnibonéennes sont peut-être les prémices de cette mutation.

La musique développe ses modulations. Les courtisans dansent toujours, bien que nombre de regards soient tournés vers le dais sous lequel conversent Elric et Cymoril. Les suppositions vont bon train. Quand Elric couronnera-t-il Cymoril Impératrice ? Elric renouera-t-il avec la tradition — que Sadric avait rompue — selon laquelle il faut sacrifier douze couples de jeunes mariés aux Seigneurs du Chaos afin de protéger le bonheur des souverains de Melniboné? C'est évidemment la rupture avec cette tradition qui a engendré la misère de Sadric, le malheur de son épouse et la naissance d'un fils malade, menaçant ainsi la continuité même de la monarchie. Elric *doit* renouer avec cette tradition. Il doit redouter que le malheur qui a frappé son père ne frappe de nouveau. Mais certains disent qu'Elric ne la respectera pas, cette tradition, et que par là même il met en danger non seulement sa propre existence mais celle de Melniboné, et tout ce que ce nom représente. Ceux qui tiennent ces propos, on les voit souvent en compagnie du Prince Yyrkoon qui danse là-bas sans prêter attention, semble-t-il, aux gens qui chuchotent autour de lui, ni à sa sœur, qui converse tranquillement avec le détenteur du Trône de Rubis. Ce cousin qui, oubliant sa dignité, est assis au bord du trône, n'arbore même pas cette fierté féroce et humaine qui par le passé faisait toute la gloire des empereurs de Melniboné, et converse joyeusement, oubliant que c'est pour le divertir que la cour est censée exécuter toutes ces danses.

Et, soudain, le Prince Yyrkoon interrompt une pirouette et lève les yeux, des yeux sombres, vers l'Empereur. Dans un coin du hall, Dyvim Tvar fronce les sourcils, mis en alerte par le geste théâtral, certes prémédité, d'Yyrkoon. Il porte déjà la main à son côté, mais on ne porte pas l'épée au bal de la cour. Dyvim Tvar observe avec circonspection le Prince Yyrkoon, qui gravit maintenant les marches du Trône de Rubis. Nombreux aussi sont les courtisans qui regardent le cousin de l'Empereur. Presque plus personne ne danse, bien que la musique s'amplifie et que les maîtres forcent leurs esclaves à redoubler leurs efforts.

Elric lève les yeux vers Yyrkoon, qui se tient une marche plus bas que Cymoril. Yyrkoon fait une révérence qui se veut insolente.

— Je présente mes hommages à l'Empereur, dit-il.

2

LE PRINCE PARVENU AFFRONTE SON COUSIN

— Comment trouves-tu ce bal, mon cousin? demanda Elric, qui savait parfaitement que le héros de ce mélodrame avait voulu le prendre au dépourvu et même l'humilier. La musique est-elle de ton goût?

Yyrkoon baissa les yeux et esquissa un sourire de satisfaction.

— Tout ici est à mon goût, mon suzerain. Et toi? Y a-t-il quelque chose qui ne soit pas de ton goût? Tu ne viens pas te joindre à la danse.

Elric porta un doigt pâle à son menton et regarda fixement Yyrkoon, qui baissait toujours les yeux.

— Mais cela ne signifie pas que je n'en goûte pas les joies, mon cousin. Ne peut-on trouver son plaisir dans celui des autres?

Yyrkoon écarquilla les yeux; il avait vraiment l'air étonné. Les regards des deux cousins s'affrontèrent; Elric ressentit un léger malaise, puis détourna les yeux en pointant une main molle vers les galeries des chœurs.

» Ou c'est peut-être la souffrance des autres qui me procure ce plaisir. N'aie aucune crainte, mon cousin. Je me réjouis de cette soirée, assurément. Maintenant que tu sais que ton roi s'amuse, tu peux reprendre la danse.

Mais rien ne pouvait faire renoncer Yyrkoon à son projet.

— Si l'Empereur ne veut pas voir ses sujets attristés et affligés à l'idée de n'avoir pas su divertir leur roi, il devrait manifester sa joie...

— Je me permets de rappeler à mon cousin, répondit Elric d'une voix calme, que l'Empereur n'a aucun devoir envers ses sujets, sinon celui de les gouverner. Ce sont eux qui ont des devoirs envers lui. Telle est la tradition de Melniboné.

Yyrkoon ne s'était pas attendu à une telle riposte. Il lança une nouvelle attaque.

— C'est aussi mon avis. Le devoir de l'Empereur est de gouverner ses sujets. Et c'est peut-être pour cette raison qu'un grand nombre d'entre eux ne se divertissent pas comme ils le devraient.

— Je ne te suis pas, mon cousin.

Cymoril s'était levée. Elle se tenait maintenant une marche au-dessus de son frère, tendue et anxieuse, les mains crispées. Elle n'aimait pas le ton railleur, l'attitude lointaine de son frère.

— Yyrkoon... dit-elle.

Il daigna enfin lui adresser la parole.

— Ma sœur. Je vois que tu répugnes aussi à te joindre à la danse.

— Yyrkoon, murmura-t-elle, tu exagères. L'Empereur est tolérant, mais...

— Tolérant ?... Négligent plutôt. Négligent des traditions de noble race. Fait-il grand cas de la gloire de cette race ?

Dyvim Tvar gravissait maintenant les marches. Lui aussi avait compris qu'Yyrkoon avait choisi ce moment pour remettre en question la puissance d'Elric.

Cymoril était consternée. Elle dit alors d'un ton insistant :

— Yyrkoon, si tu ne veux pas mourir...

— Je demanderai à mourir le jour où l'âme de Melniboné sera morte. Or le protecteur de l'âme de notre nation, c'est l'Empereur. Qu'adviendrait-il si cet Empereur venait à manquer à son devoir ? Si notre Empereur était impuissant, s'il ne se souciait nullement de la grandeur de l'Ile aux Dragons et de son peuple ?

— C'est une simple hypothèse, mon cousin, fit d'un ton glacial et posé à la fois Elric, qui avait retrouvé son sang-froid. Nul n'a en effet jamais vu un tel Empereur sur le Trône de Rubis et nul ne le verra jamais.

Dyvim Tvar arriva à la hauteur des deux antagonistes.

— Prince, si vous tenez à votre vie et à votre honneur...

Elric leva la main.

— Inutile de vous interposer, Dyvim Tvar. Le Prince

Yyrkoon ne fait ici que nous offrir un divertissement intellectuel. Il craignait que la musique et la danse ne m'ennuient, ce qui est faux d'ailleurs. Il s'est donc cru obligé de nous fournir la matière d'un divertissement plus excitant certes. Je puis t'assurer que cet entretien fut des plus passionnants, Prince Yyrkoon.

En prononçant cette dernière phrase, Elric prit un ton condescendant.

Yyrkoon rougit de colère et se pinça les lèvres.

» Je m'en voudrais de t'interrompre, mon cher cousin Yyrkoon, poursuivit Elric. Tout cela m'intéresse. Poursuivons cette discussion.

Yyrkoon regarda autour de lui, comme pour trouver un soutien moral. Mais tous ses amis se trouvaient en bas, dans le hall. Ici, il n'y avait que les amis d'Elric, Dyvim Tvar et Cymoril. Et il savait que ses partisans ne perdaient pas un mot de cette joute. S'il ne prenait pas sa revanche, ce serait l'humiliation. Elric savait qu'Yyrkoon eût préféré arrêter là le débat et le renvoyer à un autre jour, afin de choisir un autre terrain de bataille, mais c'était impossible. En réalité, l'Empereur n'avait nullement l'intention de poursuivre cette querelle qui — quelle que fût la forme qu'elle revêtait — n'était cependant pas plus digne que ces querelles de petites filles qui se disputent pour savoir laquelle des deux jouera la première avec les esclaves. Il décida de couper court.

Yyrkoon reprit la parole.

— Je me permets de supposer qu'un Empereur physiquement faible risque également d'être faible dans sa volonté de gouverner comme il convient...

Elric leva la main pour l'interrompre.

— Tu as assez parlé, mon cher cousin. Plus qu'assez. Tu t'es astreint à cette discussion ennuyeuse alors que tu aurais préféré danser. Que tu aies pris cette peine me touche. Mais maintenant, cela m'ennuie aussi. Elric fit signe à son vieux serviteur Sacdos, qui se tenait à l'arrière du trône, parmi les soldats. Sacdos ! Ma cape !

Elric se leva.

— Je te remercie encore pour tes délicates attentions, mon cousin. Puis, s'adressant à la cour tout entière : Ce fut un grand plaisir pour moi. Je me retire maintenant.

Sacdos arriva avec une cape de renard blanc qu'il posa sur les épaules de son maître. Sacdos était très vieux ; il était beaucoup plus grand qu'Elric, malgré son dos voûté et ses membres noueux pareils aux branches d'un vieil arbre robuste.

Elric franchit le dais, et sortit par la porte qui donnait sur un corridor au bout duquel se trouvaient ses appartements privés.

Yyrkoon était demeuré sur place, fou de rage. Il fit volte-face et parut vouloir s'adresser aux courtisans, qui avaient assisté à toute la scène. Ceux qui n'étaient pas de son bord souriaient ouvertement. Il mit les poings sur les hanches et lança un regard de défi ; fixant Dyvim Tvar, il ouvrit la bouche, une bouche aux lèvres fines, pour parler. Dyvim Tvar répliqua par le même regard farouche, défiant Yyrkoon de prononcer un seul mot.

Yyrkoon rejeta alors la tête en arrière. Les boucles de ses cheveux brillants ondulèrent dans son dos. Il éclata de rire, un rire qui emplit le hall tout entier. La musique s'arrêta. Le rire, lui, résonnait toujours.

Yyrkoon se tenait toujours sous le dais. Il fit voler autour de lui sa cape, et s'en enveloppa.

Cymoril s'approcha de lui.

— Yyrkoon, je t'en prie, ne...

Il la repoussa d'un geste de l'épaule, et se dirigea vers le Trône de Rubis avec une allure martiale. Il était évident qu'il allait y prendre place, se rendant ainsi coupable de l'acte de trahison le plus grave qui figurât dans le code de Melniboné. Cymoril gravit en courant les quelques marches qui la séparaient de lui et le saisit par le bras.

Yyrkoon riait de plus en plus fort.

— C'est Yyrkoon qu'ils souhaiteraient voir sur le Trône de Rubis ! dit-il à sa sœur. Celle-ci suffoqua de surprise et lança un regard horrifié à Dyvim Tvar, qui arborait un air courroucé et sinistre.

Celui-ci fit un signe aux gardes, et deux rangées

d'armures s'interposèrent soudain entre Yyrkoon et le trône.

Yyrkoon se retourna pour lancer un regard farouche au Seigneur des Cavernes des Dragons.

— Vous aviez toutes les chances de périr avec votre maître, dit-il d'une voix sifflante.

— Cette garde d'honneur t'escortera, dit Dyvim Tvar du ton le plus calme. Tes propos nous ont tous fort intéressés, Prince Yyrkoon.

Yyrkoon s'arrêta pour regarder autour de lui. Puis il haussa les épaules.

— J'ai tout mon temps. Si Elric refuse d'abdiquer, il devra alors être déposé.

Le corps élancé de Cymoril s'était raidi. Ses yeux étincelaient. Elle dit alors à son frère :

— Si tu fais tort à Elric, de quelque manière que ce soit, c'est moi qui te tuerai, Yyrkoon.

Il écarquilla les yeux, puis sourit. A cet instant même, il semblait détester sa sœur encore plus farouchement que son cousin.

— Ta loyauté envers cette créature te perdra, Cymoril. Je préférerais plutôt te voir mourir que donner naissance à un enfant qui serait le sien ! Je ne veux pas que son sang vienne se mêler à notre sang, qu'il le souille, ni même qu'il l'effleure. Veille sur toi-même, ma sœur, avant de menacer de me tuer.

Et il descendit précipitamment les marches, bousculant ceux qui venaient le congratuler. Il savait qu'il avait perdu, et les murmures de ses adulateurs ne faisaient qu'augmenter son courroux.

Les larges portes du hall se refermèrent avec fracas. Yyrkoon avait disparu.

Dyvim Tvar leva les bras.

— Reprenez la danse, courtisans. Profitez de ce que tout ce grand hall vous offre. C'est le plus grand plaisir que vous puissiez faire au roi.

Mais il était clair que la danse n'aurait plus beaucoup d'amateurs cette nuit. Les courtisans commentaient déjà avec passion les événements de la soirée.

Dyvim Tvar se tourna vers Cymoril.

— Elric refuse de voir le danger, Princesse Cymoril.

L'ambition d'Yyrkoon risque de nous entraîner tous vers une catastrophe.

— Y compris Yyrkoon lui-même, soupira Cymoril.

— Oui, y compris Yyrkoon. Mais comment pouvons-nous l'éviter, Cymoril, si Elric n'ordonne pas l'arrestation de votre frère ?

— Il estime que des êtres comme Yyrkoon ont le droit de s'exprimer. Cela fait partie de sa philosophie. Je ne comprends pas très bien ce point de vue, mais il semble faire partie intégrantc de son credo. En détruisant Yyrkoon, il détruit le fondement de sa logique. C'est du moins ce qu'il a essayé de m'expliquer, Seigneur-Dragon.

Dyvim Tvar soupira, puis fronça les sourcils. Il ne comprenait pas Elric. Mais il lui arrivait de saisir le point de vue d'Yyrkoon, et c'est cela qui l'effrayait. Les motifs et les arguments d'Yyrkoon étaient simples. Toutefois, il connaissait trop bien le caractère d'Elric pour croire que celui-ci agissait par faiblesse ou par lassitude. Elric tolérait la perfidie d'Yyrkoon parce qu'il était fort, parce qu'il pouvait le détruire quand bon lui semblerait, et c'était là le paradoxe. De son côté, Yyrkoon avait un caractère tel qu'il lui fallait constamment mettre à l'épreuve la force de caractère d'Elric, car il savait au plus profond de lui-même que, si Elric faiblissait et ordonnait sa mort, il aurait alors gagné. C'était là une situation complexe et Dyvim Tvar souhaitait nc pas y être mêlé. Mais sa loyauté envers la Lignée Royale de Melniboné était inébranlable, et aussi grande était sa loyauté envers Elric. Il avait songé un jour à assassiner secrètement Yyrkoon, mais il savait déjà que ce projet n'aboutirait pas. Yyrkoon était un sorcier de grand talent et une prémonition le garderait de cet attentat.

— Princesse Cymoril, dit Dyvim Tvar, tout ce que je peux faire, c'est prier pour que votre frère refoule sa colère au point d'en mourir étouffé.

— J'irai prier avec vous, Seigneur des Cavernes des Dragons.

Tous deux quittèrent le hall.

3

CHEVAUCHÉE DANS LE PETIT MATIN TRANQUILLE

Les hautes tours d'Imrryr réfléchissaient la lumière de l'aurore. Chaque tour chatoyait d'un ton différent. C'était une myriade de teintes pastel qui décoraient l'aube ensoleillée : des roses, des jaunes, des lilas, des verts, des mauves, des bruns, des oranges, des bleus, des blancs, des ors. Deux cavaliers traversaient les pelouses vertes, laissant derrière eux les murailles de la Cité qui Rêve. Ils dirigeaient leurs montures vers une forêt de pins dont les ombres semblaient encore garder jalousement quelque chose de la nuit. Les écureuils sautaient de branche en branche, les renards rentraient au terrier, les oiseaux chantaient, les fleurs ouvraient leurs pétales pour emplir l'air de leur délicate senteur, quelques insectes volaient paresseusement. Là-bas, c'était la cité avec sa vie trépidante, ici la campagne avec sa vie nonchalante. Ce contraste saisissant semblait refléter les pensées de l'un des cavaliers au moins, qui sauta à terre et se mit à marcher à côté de son cheval. Des fleurs bleues qui dressaient leur corolle jusqu'à la hauteur de ses genoux s'inclinaient à chacun de ses pas. L'autre, une cavalière, arrêta son cheval, sans descendre à terre. Elle se pencha avec désinvolture sur le pommeau de sa selle melnibonéenne et sourit à l'homme, son amant.

— Elric ? Tu t'arrêtes déjà ?

Il lui sourit à son tour par-dessus son épaule.

— Oui, pour l'instant. Notre départ a été quelque peu précipité. J'aimerais me recueillir avant de poursuivre notre chevauchée.

— As-tu bien dormi cette nuit ?

— Assez bien, Cymoril, bien que j'aie dû rêver ; car, lorsque je me suis éveillé, ma tête ne résonnait pas de toutes les prémonitions coutumières. Il faut dire que cette entrevue avec Yyrkoon ne fut pas des plus plaisantes...

— Penses-tu qu'il complote de te jeter un maléfice ?

Elric haussa les épaules.

— S'il le faisait, je le saurais. Et il connaît mon pouvoir. Je doute qu'il ose utiliser la sorcellerie.

— Il a de bonnes raisons de penser que toi, tu n'useras pas de ton pouvoir. Il y a si longtemps qu'il dénigre ton rang ! Ne risque-t-il pas maintenant de dénigrer tes talents, en mettant à l'épreuve tes dons de sorcellerie, tout comme il a si souvent mis à l'épreuve ta patience ?

Elric fronça les sourcils :

— Oui, je le crains. Mais je pense qu'il m'accordera un moment de répit.

— Tant qu'il ne t'aura pas détruit, Elric, il ne sera pas satisfait.

— A moins que ce ne soit lui qui doive être détruit, Cymoril. Elric se pencha pour cueillir une fleur. Il sourit. Ton frère aime la puissance, n'est-ce pas ? Les faibles n'aiment pas la faiblesse.

Cymoril comprit ce qu'il voulait dire. Elle mit pied à terre et s'approcha de lui. Sa robe légère et les fleurs à travers lesquelles elle traçait un sillon formaient une harmonie de couleurs presque parfaite. Il lui tendit la fleur ; elle accepta ce présent, dont elle effleura les pétales de ses lèvres au dessin parfait.

— Et les forts n'aiment pas la force, mon amour. Yyrkoon est de mon sang, mais je vais te donner un conseil : use de ta force contre lui.

— Je ne veux pas le tuer. Je n'en ai pas le droit. Elric reprit cet air sombre qu'elle lui connaissait bien.

— Tu pourrais l'exiler.

— Exil et mort ne sont-ils pas synonymes pour un Melnibonéen ?

— Tu as parlé toi-même d'aller dans les Jeunes Royaumes.

Elric rit d'un rire amer.

— Mais peut-être ne suis-je pas un vrai Melnibonéen ? C'est Yyrkoon qui l'a dit, et les autres sont là pour acquiescer.

— Il te hait parce que tu es un contemplatif. Ton père aussi était un contemplatif, et il ne se trouvera personne pour dire qu'il n'était pas un bon Empereur.

— Mon père avait choisi de ne pas mêler le fruit de sa contemplation à ses propres actions. Il gouvernait comme un Empereur doit gouverner. Yyrkoon aussi, je l'avoue, gouvernerait comme un Empereur doit gouverner. Lui aussi pourrait restituer à Melniboné sa gloire passée. S'il était Empereur, il se lancerait dans de vastes conquêtes afin de rendre à notre commerce son importance première, afin d'agrandir les frontières de notre puissance. Et c'est cela que souhaite la majorité de notre peuple. Ai-je le droit de décevoir ses espérances ?

— Tu as le droit de faire ce que bon te semble : tu es l'Empereur. Tous ceux qui te jurent fidélité se rangent à mon avis.

— Peut-être leur fidélité est-elle hors de propos. Peut-être Yyrkoon a-t-il raison, peut-être me faudra-t-il un jour trahir cette confiance et réserver à l'Ile aux Dragons un funeste destin. Ses tristes yeux de rubis cherchèrent les yeux de Cymoril.

» Peut-être aurais-je dû mourir en sortant du ventre de ma mère ? Yyrkoon eût alors été Empereur. Le Destin a-t-il vu déjouer ses projets ?

— Les projets du Destin ne sont jamais déjoués. Ce qui est arrivé est arrivé parce que le Destin en avait ainsi décidé, si toutefois le Destin existe et si les actions des hommes ne sont pas simplement la réplique aux actions d'autres hommes.

Elric poussa un profond soupir et tourna vers Cymoril un visage où se peignait l'ironie.

— Ta logique ne te conduit pas très loin de l'hérésie, si nous en croyons la tradition melnibonéenne. Peut-être serait-il préférable pour toi d'oublier que nous sommes amis.

Elle rit.

— Voilà que tu parles comme mon frère ! Serais-tu en train de sonder l'amour que je te porte, mon seigneur ?

Il remonta sur son cheval.

— Non, Cymoril. Je te conseillerais plutôt de sonder

toi-même ce sentiment, car j'ai la prémonition que notre amour porte quelque chose de tragique en soi.

Elle se remit en selle, souriant et hochant la tête.

— Tu vois le malheur partout. Ne peux-tu pas accepter simplement les présents que tu as reçus ? Ils sont pourtant assez rares, mon seigneur.

— C'est vrai.

Ils se dressèrent sur les étriers en entendant un bruit de sabots derrière eux. Ils virent alors, non loin de là, une horde de cavaliers en habit jaune. C'était leurs gardes respectives, qu'ils avaient laissées derrière eux. Ils avaient tenu à être seuls.

— Viens ! cria Elric. Traversons ces bois et franchissons cette colline là-bas. Ils ne nous trouveront jamais !

Ils éperonnèrent leurs coursiers. Ils traversèrent des bois où le soleil jouait avec les ombres, franchirent une colline aux flancs escarpés. Ils arrivèrent finalement dans une plaine où poussaient des buissons couverts de ce luxuriant fruit vénéneux du bleu de l'amarante, du bleu de la nuit, de cette nuit que même la lumière du jour ne peut dissiper. Melniboné regorgeait de ces baies et de ces herbes. Et c'est à certaines d'entre elles qu'Elric devait d'être en vie. D'autres servaient à la fabrication des potions magiques dont les Melnibonéens s'abreuvaient depuis de nombreuses générations. Aujourd'hui, rares étaient ceux qui franchissaient les murs de la cité pour aller cueillir ces précieux fruits. Seuls les esclaves exploraient l'île, en quête de ces racines et de ces arbrisseaux grâce auxquels les hommes faisaient des rêves monstrueux, des rêves somptueux — car c'était dans les rêves que les nobles de Melniboné puisaient leurs plus grandes joies. Le peuple de Melniboné avait toujours été ce peuple introverti, à l'air maussade, et c'est pour cette raison qu'Imrryr s'était appelée la Cité qui Rêve. Ici, même le plus misérable esclave mangeait des baies pour trouver l'oubli ; celui qui devenait ainsi l'esclave de ses rêves était un esclave docile. Elric était bien le seul à refuser ces drogues, peut-être parce qu'il devait en prendre d'autres — combien nombreuses — simplement pour avoir le droit de vivre.

Ils avaient semé les gardes en habit jaune. Lorsqu'ils eurent traversé cette plaine où poussaient les précieux buissons, ils ralentirent leur allure. Ils arrivèrent alors sur une falaise du haut de laquelle ils découvrirent la mer.

Les vagues étincelantes venaient se briser langoureusement sur le sable blanc de la plage. Les mouettes tournoyaient dans le ciel pur. L'écho lointain de leurs cris ne faisait qu'ajouter à la sérénité des deux amants. En silence, ils conduisirent leurs montures à travers les sentiers escarpés qui descendaient à la mer. Ils mirent les chevaux à l'attache, puis s'éloignèrent sur le sable. Leurs chevelures flottaient, noire et blanche, dans le vent qui soufflait de l'orient.

Ils découvrirent une grotte que l'humidité de la mer avait épargnée et qui interceptait le message des vagues, auquel elle répondait par un faible écho. Ils se dépouillèrent de leurs habits de soie et firent l'amour, tendrement, dans la pénombre recueillie des roches. Ils restaient là, blottis dans les bras l'un de l'autre. Audehors le soleil dardait ses chauds rayons, le vent était tombé. Puis ils plongèrent dans les flots et emplirent de leurs rires l'immensité des cieux.

Alors qu'ils faisaient glisser les étoffes de soie sur leur peau, ils remarquèrent qu'à l'horizon le ciel s'assombrissait. Elric dit alors :

— Je crois que nous allons de nouveau être mouillés avant même d'avoir le temps d'arriver à Imrryr. Nous aurons beau galoper aussi vite que nous le pourrons, nous ne serons pas épargnés par l'orage.

— Nous devrions peut-être attendre ici la fin de la tempête, suggéra Cymoril, s'approchant de lui et appuyant son doux corps contre le sien.

— Non, dit-il. Je ne peux m'attarder plus longtemps, car je dois prendre des potions qui sont à Imrryr. Sinon, dans une heure ou deux, je commencerai à sentir mes forces m'abandonner. Tu m'as déjà vu dans cet état, Cymoril.

Elle caressa le visage d'Elric et le regarda avec des yeux pleins de compassion.

— Oui, je t'ai déjà vu dans cet état, Elric. Viens, rejoignons nos chevaux.

Lorsqu'ils arrivèrent près de leurs montures, le ciel était gris au-dessus d'eux, et même menaçant du côté de l'orient. Soudain le tonnerre gronda et la foudre éclata. Les flots étaient déchaînés, comme gagnés par l'hystérie des cieux. Les chevaux renâclaient et piaffaient, pressés de quitter ces lieux. Alors que les deux cavaliers se mettaient en selle, de grosses gouttes de pluie vinrent déjà s'écraser sur leurs chevelures et leurs capes.

Ils rentrèrent à Imrryr au grand galop. Les éclairs sillonnaient le ciel, le tonnerre grondait tel un géant courroucé, tel un vieux Seigneur du Chaos tentant de violer les frontières du Royaume de la Terre.

Cymoril jeta un regard sur le pâle visage d'Elric, que les feux du ciel un instant illuminèrent. Un frisson l'envahit ; ni le vent ni la pluie n'en était la cause, mais plutôt la vision du noble érudit qu'elle aimait, et que les éléments semblaient avoir métamorphosé en ce démon, en ce monstre qui n'avait plus rien d'humain. Sur son blanc visage, ses yeux pourpres lançaient des flammes pareilles aux flammes de l'Enfer d'En-Haut. Ses cheveux, que le vent avait rejetés en arrière, étaient devenus le cimier d'un funeste heaume de combat. Par quelque artifice des feux de l'orage, sa bouche se tordait de douleur et de rage.

Et soudain Cymoril comprit.

Elle avait compris que cette chevauchée était l'ultime moment de paix qui leur serait octroyé. L'orage était une manifestation des dieux, le prélude à d'autres orages.

Elle tourna de nouveau les yeux vers son amant. Il riait. Il avait offert son visage à la chaude pluie et les gouttes giclaient dans sa bouche ouverte. C'était le rire spontané, le rire innocent d'un enfant heureux.

Cymoril s'efforça de rire à son tour, mais elle dut détourner les yeux d'Elric. Elle pleurait.

Elle pleurait encore lorsqu'ils aperçurent Imrryr dans le lointain — sombre silhouette massive qui se profilait sur la ligne claire de l'horizon : l'orage n'avait pas encore atteint l'occident.

4

LES SECRETS DES PRISONNIERS SONT DÉVOILÉS

C'est seulement alors qu'Elric et Cymoril approchaient de la plus petite des portes orientales de la cité que les hommes à l'armure jaune découvrirent les deux cavaliers.

— Ils nous ont enfin trouvés ! dit Elric en souriant à travers les gouttes de pluie. C'est un peu tard, non ?

Cymoril, toujours en proie à ses funestes pensées, acquiesça d'un signe de tête. Pour toute réponse, elle esquissa un sourire.

Elric interpréta ce silence comme une déception, rien d'autre, et cria à ses gardes :

— Eh, soldats, vivement que nous soyons secs !

Mais le capitaine de la garde arriva alors au grand galop, en criant à son tour :

— Sa Majesté est attendue à la Tour de Monshanjik, où des espions sont retenus prisonniers.

— Des espions ?

— Oui, mon seigneur. L'homme était pâle. La pluie ruisselait de son heaume en souillant le drap léger de sa cape. Il avait de la peine à contrôler sa monture, qui piaffait dans les flaques d'eau dont étaient emplis les trous du chemin. On les a pris ce matin dans le labyrinthe. Des barbares des contrées du Sud, d'après leur costume en damier. Nous ne les relâcherons pas tant que l'Empereur ne les aura pas interrogés lui-même.

Elric eut un geste de la main :

— Bien ! Allons voir ces pauvres crétins qui se sont aventurés dans le labyrinthe marin de Melniboné.

La Tour de Monshanjik portait le nom de l'architecte-sorcier qui avait construit ce labyrinthe, des milliers d'années auparavant. C'était le seul accès au grand port d'Imrryr, et son existence était gardée secrète, car il protégeait la cité contre toute attaque par surprise. C'était un labyrinthe inextricable, et les nochers devaient être particulièrement habiles pour y diriger leur embarcation. Avant qu'il fût construit, le port était une sorte de lagune où la mer s'introduisait en traversant un réseau naturel de cavernes, creusées dans la falaise qui se dressait entre cette lagune et l'océan. il y avait cinq routes différentes, et chaque nocher n'en connaissait qu'une. A ces cinq routes correspondaient cinq entrées ouvertes dans la paroi de la falaise. Pour franchir ces entrées, les vaisseaux des Jeunes Royaumes devaient attendre qu'un nocher montât à bord. Celui-ci bandait alors les yeux de tous les marins et les faisait descendre dans la soute, à l'exception du rameur et du timonier. Il masquait le visage de ces derniers sous de lourds heaumes d'acier, afin qu'ils n'eussent plus rien d'autre à faire que de suivre ses instructions. Et si d'aventure un vaisseau des Jeunes Royaumes se dérobait à ses ordres et allait s'écraser contre les parois rocheuses, alors Melniboné ne prenait pas la peine de pleurer les naufragés ; elle s'arrangeait même très bien des autres, dont elle faisait ses esclaves. Tous ceux qui cherchaient à commercer avec la Cité qui Rêve étaient pleinement conscients des risques encourus ; et pourtant, chaque mois, c'était des dizaines et des dizaines de marchands qui venaient affronter les dangers du labyrinthe pour troquer leurs misérables denrées contre les richesses somptueuses de Melniboné.

La Tour de Monshanjik dominait le port et le grand môle qui s'avançait jusqu'au centre de la lagune. Verte comme la mer, son allure était imposante en comparaison des autres tours d'Imrryr, sans pour autant sacrifier à la beauté, avec sa forme effilée, ses larges ouvertures d'où l'on découvrait tout le port. La Tour de Monshanjik contrôlait tout le trafic du port et ses caves retenaient prisonnier quiconque avait violé une quelconque des nombreuses lois régissant l'activité du port. Elric laissa Cymoril rentrer seule à son palais en compagnie d'un garde ; et lui se dirigea vers la tour. Lorsqu'il franchit la voûte d'entrée, c'est une véritable nuée de marchands qui se dispersa sur son passage. Ils attendaient qu'on leur donnât l'autorisation de se livrer à leur troc ; c'est en effet là que se retrouvaient marins, marchands et consignataires de Melniboné, bien que les marchandises ne fussent pas exposées en cet endroit. Puis le bourdonnement qui se faisait l'écho de ces mille marchandages se tut soudain, à l'arrivée d'Elric et de son garde, qui se dirigeaient maintenant vers la voûte, à l'autre extrémité de la tour. Cette voûte accédait à une rampe qui décrivait une large courbe pour s'enfoncer dans les entrailles de la tour.

Là se pressaient cavaliers, esclaves, serviteurs, et gouverneurs du roi. Et tous ces gens de se ranger avec force révérences en reconnaissant l'Empereur. D'immenses flambeaux éclairaient la galerie. Sur les lisses parois d'obsidienne se projetaient des ombres tourmentées. L'atmosphère était fraîche et humide car la mer baignait les falaises au-dessous du niveau des quais. L'Empereur avançait dans la galerie, et la galerie s'enfonçait dans les profondeurs de la roche miroitante. Puis une vague de chaleur déferla sur eux et une lueur mouvante s'anima. Ils parvinrent alors à une caverne emplie de nuages de fumée et d'une odeur suffocante, l'odeur de la peur. Des chaînes tombaient d'en haut, et à huit de ces chaînes étaient pendus quatre corps aux pieds liés. Ces corps avaient été dépouillés de leurs habits, et n'étaient revêtus que de l'habit rouge des blessures, des incisions profondes pratiquées par le sorcier qui, scalpel en main, contemplait son chef-d'œuvre.

Grand et maigre, cet artiste en son genre avait quelque chose d'un squelette, dans son habit blanc souillé de sang. Ses yeux n'étaient que des fentes, ses lèvres comme des lames, ses doigts fins, ses cheveux étaient fins également, le scalpel qu'il tenait était fin aussi, presque invisible lorsqu'il ne reflétait pas les feux des flammes que crachait un trou béant creusé dans le fond de la caverne. Ce personnage occulte répondait au nom de Docteur Jest ; dans l'art qu'il pratiquait, il était plutôt un exécutant qu'un créateur — bien qu'il soutînt le contraire : dévoiler les secrets des autres. Le Docteur Jest était le Grand Inquisiteur de Melniboné. A l'entrée d'Elric, il fit volte-face, tenant toujours son scalpel entre le pouce et l'index de sa fine main droite. Il restait là, presque dans l'attitude d'un danseur, puis il inclina le buste.

— Mon Empereur vénéré ! Un mince filet de voix venait de s'échapper de sa gorge maigre. Ces quelques mots s'étaient éteints aussi vite qu'ils avaient été prononcés, et il était permis de se demander si l'on n'avait pas été la proie de sa propre imagination.

— Docteur, sont-ce là les gens du Sud que l'on a faits prisonniers ce matin ?

— C'est cela même, mon seigneur.

Nouvelle révérence.

Elric scruta les prisonniers d'un regard froid. Il n'éprouvait à leur égard aucun sentiment de pitié. Ce n'étaient que des espions, et leurs agissements ne pouvaient que les mener là où ils se trouvaient maintenant. Ils savaient très bien ce qui les attendait s'ils étaient pris. L'un de ces espions était un homme, l'autre apparemment une femme, bien qu'il fût difficile d'en faire la distinction sur leur visage tordu par la douleur. C'était là un spectacle odieux. Faisant claquer les quelques rares dents qui lui restaient, la prisonnière cria à l'adresse d'Elric, d'une voix sifflante :

— Démon !

Elric fit un pas en arrière et demanda au sorcier :

— Vous ont-ils dit ce qu'ils faisaient dans notre labyrinthe, Docteur ?

— Ils semblent se complaire dans les sous-entendus. Ils ont un sens profond du théâtre, ce que j'apprécie fort. Ils sont là, me semble-t-il, pour tracer une route, une route que les corsaires pourraient emprunter ensuite. Mais ils ne m'ont encore donné aucun détail. C'est le jeu. Et nous connaissons tous la règle de ce jeu.

— Et quand le saurez-vous, Docteur Jest ?

— Oh, très bientôt, mon seigneur !

— Il serait souhaitable de savoir si nous devons prévenir une attaque. Et, plus tôt nous le saurons, plus vite nous liquiderons cette affaire. N'êtes-vous pas de mon avis, Docteur ?

— Si, mon seigneur.

— Très bien.

Elric était contrarié par cet incident, qui gâchait ainsi tout le plaisir de la chevauchée du matin, en le rappelant trop vite à ses devoirs.

Le Docteur Jest s'en retourna à ses occupations. Allongeant son bras gauche, il saisit alors adroitement les parties génitales de l'un des prisonniers. Il y eut un éclair du scalpel, puis un gémissement. Le Docteur Jest jeta ensuite quelque chose dans le feu. Elric était assis dans le fauteuil qui lui était réservé. Ce rite, qui accompagnait inéluctablement les interrogatoires, l'ennuyait plus qu'il ne le dégoûtait. Les cris déchirants, le cliquetis des chaînes, les sourds murmures du Docteur Jest, tout venait de détruire cette sensation de bien-être qui était sienne lorsqu'il avait pénétré dans la caverne.

Mais cela faisait partie de son métier de roi d'assister à de semblables cérémonies rituelles, et il devait assister à cette cérémonie en particulier pour recueillir de précieux renseignements, et féliciter ensuite son Inquisiteur. Il devait aussi élaborer un plan de contre-attaque, conférer avec ses amiraux et généraux, toute la nuit durant probablement, pour décider des plans à adopter et des mesures à prendre concernant la capture des hommes et des vaisseaux. Avec un bâillement d'ennui à peine étouffé, il s'enfonça dans son fauteuil pour jouir du spectacle du Docteur Jest en train d'opérer sur les corps avec ses doigts, son scalpel, sa pointe, ses pinces et ses tenailles. Ses pensées allèrent vers d'autres problèmes, à ces problèmes philosophiques qu'il n'avait pas encore résolus.

Non qu'Elric fût un barbare ; mais il était un Melnibonéen. Il était depuis l'enfance accoutumé à de tels spectacles. Même s'il l'avait désiré, il n'aurait pu libérer les prisonniers sans enfreindre les traditions de l'Ile aux Dragons. Et il eût alors été inutile, voire dangereux, de mettre en œuvre une stratégie quelconque, aussi astucieuse fût-elle. Il avait ainsi pris l'habitude de faire abstraction de tout sentiment qui ne fût pas compatible avec ses devoirs d'Empereur. S'il avait eu une raison de libérer les quatre prisonniers, qui se tordaient maintenant de douleur pour le plus grand plaisir du Docteur Jest, il l'eût fait. Mais il n'avait aucune raison de le faire ; de plus, ceux-ci auraient été surpris de se voir appliquer un autre traitement. Lorsqu'il avait à prendre une décision d'ordre moral, Elric faisait preuve d'un esprit très pratique. Cette décision, il la prenait en fonction de l'action à entreprendre. Ici, il n'y en avait aucune. Ces tractations avec sa conscience étaient devenues chez lui une seconde nature. Il ne souhaitait pas agir au nom de Melniboné, mais en son propre nom ; il ne désirait pas entreprendre une action mais connaître la meilleure façon de répliquer aux actions des autres. Un espion était un agresseur : contre l'agresseur on se défend du mieux que l'on peut. Et les méthodes du Docteur Jest étaient les meilleures.

— Mon seigneur ?

Elric leva les yeux, l'air absent.

» Nous avons maintenant tous les renseignements voulus, mon seigneur, murmura de sa petite voix le Docteur Jest à l'autre bout de la caverne. Quatre chaînes avaient été libérées, et deux esclaves ramassaient des choses par terre pour les jeter dans le feu. Les deux autres masses informes qui restaient pendues ressemblaient à deux pièces de viande soigneusement préparées par un boucher. L'un des corps bougeait encore un peu, mais l'autre était inerte.

Le docteur Jest rangea ses instruments dans un petit coffret qu'il portait dans une poche accrochée à son ceinturon. Le blanc de son habit disparaissait presque entièrement sous les taches de sang.

— Il semblerait que d'autres espions se soient déjà manifestés, expliqua le Docteur Jest à son maître. Ces quatre-ci sont venus en simple reconnaissance des lieux. Si les barbares ne les voient pas revenir au moment convenu, ils en enverront d'autres.

— Mais ils sauront certainement qu'on est au courant de leur plan d'attaque, dit Elric.

— Probablement non, mon seigneur. Nous avons fait circuler le bruit parmi les marchands et les marins des

Jeunes Royaumes que quatre espions avaient été découverts dans le labyrinthe et qu'ils avaient été blessés dans leur tentative de fuite.

— Je vois, fit Elric en fronçant les sourcils. La meilleure solution est donc de tendre un piège aux pirates.

— Oui, mon seigneur.

— Sais-tu quelle route ils ont choisi de prendre ?

— Oui, mon seigneur.

Elric se tourna vers l'un de ses gardes :

— Allez porter un message à tous nos généraux et amiraux. Quelle heure est-il ?

— Le soleil vient de se coucher, mon seigneur.

— Dis-leur de se trouver devant le Trône de Rubis dans deux heures.

Elric se leva d'un air las.

» Mes félicitations, encore une fois, Docteur Jest.

Le maigre sorcier exécuta une profonde révérence. Il parut alors se plier en deux. Un léger soupir quelque peu mielleux fut sa seule réponse.

5

BATAILLE AU COURS DE LAQUELLE LE ROI EXERCE SES TALENTS DE GUERRIER

Yyrkoon arriva le premier, paré de ses plus beaux atours de guerre, escorté de deux gardes à l'air imposant qui portaient les bannières chamarrées du prince.

— Mon Empereur ! s'exclama Yyrkoon d'un ton fier où perçait une nuance de mépris. Me laisseras-tu commander les soldats ? Tu seras ainsi déchargé de cette responsabilité, puisque sans aucun doute tu as nombre d'autres problèmes à régler.

Elric répondit sur un ton d'impatience :

— C'est très aimable à toi, Prince Yyrkoon, mais n'aie aucune crainte pour moi. Je commanderai moi-même l'armée et la flotte de Melniboné, car tel est le devoir de l'Empereur.

Yyrkoon se renfrogna et s'écarta à l'entrée de Dyvim Tvar, Seigneur des Cavernes des Dragons, son casque sous le bras. Aucun garde ne l'escortait, et il semblait s'être habillé en toute hâte.

— Mon Empereur, j'apporte des nouvelles des dragons...

— Je t'en remercie, Dyvim Tvar, mais attends que tous mes commandants soient là pour leur en faire également part.

Dyvim Tvar s'inclina et alla se ranger du côté du hall opposé à celui où se tenait le Prince Yyrkoon.

Les guerriers arrivaient l'un après l'autre. Ils furent bientôt une vingtaine de capitaines à attendre au bas des marches du Trône de Rubis où Elric avait pris place. L'Empereur portait toujours l'habit qu'il avait revêtu le matin pour la chevauchée. Il n'avait pas eu le temps de se changer : quelques instants plus tôt seulement, il avait consulté des cartes du labyrinthe, cartes qu'il était seul à pouvoir lire et que la magie, en temps normal, soustrayait aux regards de ceux qui tenteraient de les découvrir.

— Le Sud a l'intention de s'emparer des richesses d'Imrryr et d'exterminer tous ses habitants, commença Elric. Ils croient avoir découvert une des routes de notre labyrinthe. Une flotte d'une centaine de vaisseaux de guerre se dirige actuellement vers Melniboné. Demain, lorsqu'elle arrivera au-dessous de l'horizon, elle attendra que la nuit tombe, puis elle mettra le cap sur le labyrinthe et entrera. Ils espèrent atteindre le port vers minuit et se rendre maîtres de la Cité qui Rêve avant l'aube. Cela est-il possible ?

— Non ! répondit le chœur des voix.

— Non, répéta Elric en souriant. Mais comment savourer le mieux possible cette petite guerre qu'ils nous offrent ?

Yyrkoon, le premier — comme toujours —, répondit :

— Allons à leur rencontre, avec nos dragons et nos vaisseaux de guerre. Poursuivons-les jusque sur leurs propres terres et dérobons-leur l'initiative de cette guerre. Attaquons leur nation, brûlons leurs cités! Conquérons-les pour garantir notre sécurité.

Dyvim Tvar prit de nouveau la parole :

— Pas de dragons, dit-il.

— Quoi? fit Yyrkoon en faisant volte-face. Que dites-vous là?

— Pas de dragons, prince. Ils ne seront pas réveillés. Ils dorment dans leurs cavernes. Le dernier combat qu'ils ont livré pour vous les a épuisés.

— Pour moi?

— Vous avez voulu les faire intervenir dans notre conflit avec les pirates vilmiriens. Je vous avais dit que je préférais leur réserver une bataille navale plus importante, mais vous les avez lancés contre les pirates. Ils ont incendié leurs petites embarcations et maintenant ils dorment.

Yyrkoon fit la grimace. Il leva les yeux vers Elric.

— Je ne pensais pas...

Elric leva la main pour l'interrompre.

— Nous n'utiliserons pas nos dragons tant que nous n'aurons pas vraiment besoin de leur aide. Cette offensive du Sud n'est pas de grande envergure. Et si nous attendons l'heure d'agir, nous sauvegarderons nos propres forces. Laissons-les pénétrer dans le labyrinthe. Lorsqu'ils seront à l'intérieur, nous les encerclerons et bloquerons toutes les issues. Ils seront tombés dans notre piège et nous les écraserons tous.

Yyrkoon regarda le sol d'un air maussade, souhaitant manifestement découvrir une lacune dans ce plan. Le vieil Amiral Magum Colim, dans son armure verte, du vert de la mer, s'avança et s'inclina de toute sa hauteur.

— Les frégates dorées d'Imrryr sont prêtes à défendre leur cité, mon seigneur. Mais il faudra un certain temps pour les placer à leurs postes de combat. Je doute que le labyrinthe soit assez grand.

— Alors sortons-en quelques-unes et cachons-les dans les criques du rivage. Elles pourront ainsi prendre en charge les éventuels survivants, déclara Elric.

— Une idée astucieuse, mon seigneur, dit Magum Colim dans une révérence avant de rejoindre ses pairs.

Le conseil de guerre se poursuivit encore un certain

temps. Les guerriers allaient enfin se retirer lorsque le Prince Yyrkoon prit de nouveau la parole :

— Je renouvelle ma proposition à l'Empereur. Sa personne est trop précieuse pour s'aventurer dans cette bataille. La mienne, par contre, est bien peu de chose. Qu'on me confie le commandement de l'armée de terre et de la flotte pendant que l'Empereur restera au palais, loin des soucis de la guerre, avec l'assurance que ses hommes gagneront et que les pirates du Sud seront écrasés. Peut-être souhaite-t-il terminer la lecture d'un livre ?

Elric sourit.

— Je te remercie encore une fois pour cette délicate attention, Prince Yyrkoon. Mais un Empereur se doit d'exercer son corps autant que son esprit. Je commanderai mes soldats moi-même.

Lorsque Elric retourna à ses appartements, ce fut pour découvrir que Sacdos préparait déjà sa lourde armure sombre, l'armure qu'avaient revêtue des centaines d'Empereurs melnibonéens. Une armure fabriquée par les mains d'un sorcier, qui lui avait conféré une puissance inégalée dans le Royaume de la Terre. Une armure qui pouvait ainsi — du moins les rumeurs le rapportaient-elles — résister aux coups des légendaires épées runiques, Stormbringer et Mournblade, qu'avaient maniées les plus cruels des empereurs de Melniboné avant que les Seigneurs d'En-Haut s'en saisissent et les cachent à jamais dans un lieu où eux-mêmes s'aventuraient rarement.

La joie illuminait le visage du serviteur pendant qu'il touchait chaque pièce de l'armure, chaque arme, de ses longs doigts crochus.

Il leva son visage balafré pour observer les traits d'Elric ravagés par l'inquiétude.

— Oh, mon seigneur, mon roi ! Bientôt vous goûterez les joies du combat !

— Oui, Sacdos. Espérons que c'est de joies que nous pourrons parler !

— Je vous ai appris toutes les formes de l'art de la guerre, l'art de manier l'épée et le poignard, l'art de tirer l'arc, l'art de lancer le javelot, à pied ou à cheval.

Et vous avez été un bon élève, car ils disent tous que vous êtes faible. Il n'y a pas meilleur bretteur que vous à Melniboné, à une seule exception près.

— Le Prince Yyrkoon, peut-être, dit Elric d'un air de réflexion. N'est-il pas vrai ?

— J'ai dit *une seule exception,* mon seigneur.

— Et Yyrkoon est cette exception. Un jour peut-être pourrons-nous trouver la réponse à cette question. Je vais me baigner avant de revêtir tout ce métal.

— Il faudrait vous hâter, maître. D'après ce que l'on dit, les préparatifs seront très longs.

— J'irai ensuite dormir, dit Elric en souriant devant l'air consterné de son vieil ami. Ce sera mieux ainsi, car il m'est impossible de disposer personnellement les navires à leurs postes. On a besoin de moi à la tête des hommes. Je serai plus à la hauteur de cette tâche lorsque je me serai reposé.

— Si vous pensez que c'est mieux ainsi, Votre Majesté, alors soit.

— Et cela t'étonne ! Tu es trop impatient de me voir combattre et me pavaner, fier comme Arioch...

Sacdos mit la main devant sa bouche, les yeux écarquillés, comme pour tenter de taire ces mots qu'il aurait prononcés à la place de son maître.

Elric sourit.

— Tu penses que je profère des hérésies, n'est-ce pas ? Eh bien, j'en ai déjà dit de plus grandes sans attirer le malheur sur moi. A Melniboné, Sacdos, les empereurs contrôlent les démons, jamais le contraire.

— Vous le dites, mon seigneur !

— Et c'est la vérité.

Elric quitta la salle en appelant ses esclaves. La fièvre du combat s'était déjà emparée de lui. Il exultait.

Il était maintenant tout de noir vêtu : sa cuirasse massive, son pourpoint rembourré, ses longues jambières, ses crispins de mailles. A son côté pendait un sabre de cinq pieds de long, qui avait soi-disant appartenu à un héros humain du nom d'Aubec. Appuyé contre le parapet doré du pont, son grand bouclier rond, portant l'emblème du dragon fondant sur sa proie. Un heaume le coiffait, surmonté d'un dragon, ses ailes déployées au-dessus du cimier, sa queue ondulant sur la nuque. Un heaume noir, au milieu duquel figurait une tache blanche d'où surgissaient deux yeux pourpres et, sur les côtés duquel jaillissait une cascade de cheveux d'un blanc laiteux, telle une colonne de fumée s'élevant au-dessus d'un incendie. Aussi faible que fût la lueur qu'envoyait le fanal en bas du grand mât, la tache blanche se fit encore plus blanche, révélant ainsi les traits du visage masqué par le heaume, de beaux traits fins : un nez droit, des lèvres minces, des yeux en amande. L'Empereur Elric de Melniboné scrutait l'obscurité du labyrinthe, lorsqu'il entendit les premiers pirates approcher.

Il se tenait sur le pont supérieur de la haute frégate dorée, qui, comme toutes les frégates d'Imrryr, ressemblait à une ziggourat flottante équipée de mâts, de voiles, de rames et de catapultes. Cette frégate, c'était « l'Enfant de Pyaray », la frégate amirale. Le grand Amiral Magum Colim se tenait aux côtés d'Elric. Tout comme Dyvim Tvar, il était l'un des rares amis intimes d'Elric. Il le connaissait depuis toujours, l'avait encouragé à apprendre tout ce qu'il pouvait du commandement du navire et de la flotte. Au fond de lui-même, Magum Colim craignait peut-être qu'Elric fût trop intellectuel et trop introspectif pour gouverner Melniboné, mais il lui reconnaissait la légitimité du pouvoir. Et les propos de l'entourage d'Yyrkoon ne faisaient que l'irriter et l'agacer. Le Prince Yyrkoon se trouvait également à bord de la frégate amirale ; à cet instant-là, il était en bas, en train d'examiner les machines de guerre.

« L'Enfant de Pyaray » était mouillé à l'intérieur d'une immense grotte, une de ces nombreuses grottes qui avaient été creusées dans les parois du labyrinthe, lors de la construction, dans le seul but de camoufler une frégate. La grotte était juste assez haute pour les mâts et juste assez large pour les rames. Chacune des frégates dorées comportait plusieurs rangées de rames, et chaque rangée vingt ou trente jeux de rames. Toutes ces rames étaient réparties sur quatre, cinq ou six ponts et, comme c'était le cas sur « l'Enfant de Pyaray », elles pouvaient avoir trois systèmes de commande indépendants, de l'avant à l'arrière. Avec leur cuirasse d'or, les navires étaient pour ainsi dire indestructibles ; et, malgré leur grande taille, ils pouvaient filer rapidement et manœuvrer facilement lorsque cela était nécessaire. Ce n'était pas la première fois qu'ils guettaient l'arrivée de l'ennemi dans ces grottes. Et ce ne serait certainement pas la dernière. (Les circonstances devaient cependant se révéler bien différentes par la suite.)

Les frégates melnibonéennes sillonnaient rarement les mers depuis quelque temps, alors que par le passé elles avaient été ces redoutables montagnes flottantes dorées qui hantaient les océans du monde entier et semaient la terreur partout où on les apercevait. La flotte avait été également plus importante ; en ce temps-là, elle comprenait des centaines d'embarcations. Aujourd'hui, elle en comptait moins de quarante, mais c'était suffisant. Quarante navires qui attendaient l'ennemi dans l'obscurité humide du labyrinthe.

Elric écoutait le clapotis de l'eau contre la coque de son navire, et il regrettait déjà de n'avoir pu élaborer un meilleur plan. Il était certain de la réussite de celui-ci, mais il allait faire de nombreuses victimes, aussi bien du côté des Melnibonéens que du côté des barbares. Il eût été préférable de trouver un moyen de chasser l'ennemi plutôt que de le prendre au piège. La flotte du Sud n'était pas la première à être attirée par les richesses fabuleuses d'Imrryr. Les marins du Sud n'étaient plus les premiers à croire que les Melnibonéens, parce qu'ils ne s'éloignaient plus beaucoup de la Cité qui Rêve, étaient un peuple décadent incapable de défendre ses trésors. Et, pour que ce point fût désormais clair pour eux, il fallait les détruire. Melniboné était encore puissante. Elle était même assez puissante, selon Yyrkoon, pour dominer à nouveau le monde — puissante dans le domaine de la sorcellerie, si ce n'était dans celui des armes.

— Chut ! fit l'Amiral Magum Colim en allongeant le cou. N'est-ce pas un bruit de rames ?

Elric acquiesça d'un signe de tête.

— Si, je crois.

Ils entendaient maintenant des clapotements réguliers pareils au bruit de rames qui plongent et qui sortent de l'eau, puis des craquements de bastingage. Ils arrivaient. « L'Enfant de Pyaray » était le plus proche de l'entrée, et il serait le premier à donner l'assaut, mais seulement lorsque tous les navires pirates auraient franchi la porte d'entrée du labyrinthe. L'Amiral Magum Colim se baissa, éteignit le fanal, puis descendit rapidement pour annoncer, avec le plus grand calme, l'arrivée de la flotte pirate.

Quelques instants auparavant, Yyrkoon avait exercé ses dons de sorcellerie pour invoquer la brume, une brume qui dissimulerait les frégates dorées aux yeux de l'ennemi, mais qui n'entraverait pas pour autant les manœuvres des navires melnibonéens. Elric voyait maintenant des torches brûler devant lui, les torches des pirates qui pénétraient prudemment dans le labyrinthe. En l'espace de quelques minutes, dix galères passèrent devant la grotte. L'Amiral Magum Colim et le Prince Yyrkoon rejoignirent Elric sur le pont. Yyrkoon portait aussi un heaume à l'effigie du dragon, moins somptueux cependant que celui d'Elric, car celui-ci était le plus grand des quelques Princes Dragons de Melniboné encore vivants. Yyrkoon souriait dans l'obscurité et ses yeux brillaient à la pensée de l'effusion de sang qui allait suivre. Elric eût souhaité que le Prince Yyrkoon choisît un autre navire, mais c'était son droit de monter à bord de la frégate amirale, et il ne pouvait le lui refuser.

Cinquante vaisseaux, sur les cent que comprenait la flotte, étaient passés devant eux.

L'armure d'Yyrkoon résonnait de bruits métalliques, alors que celui qu'elle protégeait attendait impatiemment en arpentant le pont, sa main gantée posée sur la garde de son sabre. « Bientôt », se répétait-il, « bientôt ! ».

L'aurore se leva, les rames plongèrent dans l'eau lorsque passa la dernière galère. La frégate sortit de la grotte pour éperonner par le travers la galère ennemie, qui se brisa en deux.

Des hurlements s'élevèrent parmi les barbares. Des

corps volèrent de toutes parts. Des torches dansaient éperdument sur l'épave du pont. Des hommes tentaient de ne pas sombrer dans les eaux froides du noir labyrinthe. Quelques javelots, dans un sursaut de bravoure, venaient heurter la coque de la frégate amirale, qui se frayait maintenant un passage parmi les débris épars de la galère des pirates. Mais les archers d'Imrryr ripostèrent. Ils voulaient en finir avec les derniers survivants.

La confusion créée par cette première attaque fut le signal pour les autres navires. Quarante frégates jaillirent dans un ordre parfait des hautes parois. Les barbares eurent la vision stupéfiante de hautes frégates dorées sortant de la roche même — des navires fantômes remplis de démons qui les assaillaient de javelots, de flèches et d'épées. Dans tout le tunnel ce n'était plus maintenant que confusion et chorus de cris de guerre. Le cliquetis des armes était le sifflement furieux d'un serpent monstrueux, et la flotte des pirates elle-même ressemblait à ce serpent que les hautes frégates dorées de Melniboné avaient implacablement coupé en mille morceaux. Ces frégates avaient même un air empreint de sérénité lorsqu'elles fonçaient sur l'ennemi, faisant étinceler leurs harpons qui volaient sur les ponts pour aborder les galères, qu'elles détruisaient ensuite.

Mais les pirates étaient de vaillants combattants, et leur stupéfaction passée, ils devaient retrouver leur sang-froid. Trois galères abordèrent aussitôt « l'Enfant de Pyaray ». Ils avaient identifié le navire amiral. Des flèches ardentes atterrirent sur les différents ponts qui n'étaient pas protégés par l'armure dorée, et commencèrent à embraser tout ce qu'elles atteignaient, à brûler vifs tous ceux qu'elles touchaient.

Elric leva son bouclier au-dessus de sa tête. Deux flèches ardentes vinrent heurter la plaque de métal puis allèrent rebondir sur un autre pont plus bas. Suivant leur trajectoire, Elric sauta alors par-dessus le parapet et arriva sur le pont le plus large et le plus exposé, où il trouva ses soldats qui s'apprêtaient à attaquer les galères. Des catapultes grondèrent, des boules de feu sillonnèrent l'obscurité, manquant de peu les trois bâtiments ennemis. Une autre salve, un autre jaillissement de flammes qui, cette fois, touchèrent un mât puis allèrent s'écraser sur le pont, embrasant tout sur leur passage. Des harpons abordèrent la galère la plus proche. Elric fut l'un des premiers à sauter sur le pont pour se précipiter vers le capitaine du navire pirate. Celui-ci, vêtu d'une cotte et d'un surcot de mailles et tenant dans ses mains monstrueuses deux gigantesques épées, exhortait, dans un beuglement, ses hommes à résister à ces chiens de Melnibonéens.

Alors qu'Elric approchait de la passerelle de commandement, trois barbares, armés d'épées courbes et de petits boucliers ovales, se précipitèrent sur lui. Sur leur visage se peignaient l'effroi mais aussi la détermination, comme s'ils avaient su qu'ils devaient mourir, comme s'ils voulaient faire autant de ravages possibles avant que leur âme leur fût enlevée.

Remettant son bouclier sur son bras, Elric saisit son sabre à deux mains et chargea les pirates, renversant le premier et fracturant la clavicule du second avec l'orle de son bouclier. Le troisième fit un écart et dirigea la pointe de son épée courbe vers le visage d'Elric. Elric esquiva le coup de justesse, et le fil tranchant de l'épée effleura sa joue, sur laquelle perlèrent quelques gouttes de sang. Il brandit alors son sabre comme une faux, et l'enfonça dans le ventre du barbare, le coupant presque en deux. Le pirate se débattit un moment, ne pouvant se résigner à croire qu'il était mort, mais lorsque Elric libéra son épée il ferma les yeux et s'écroula. L'homme qu'Elric avait frappé de son bouclier se relevait en chancelant alors que son attaquant faisait volte-face. Celui-ci l'aperçut et lui assena son sabre sur le crâne. Maintenant la voie était libre. Elric commença à gravir l'échelle de la passerelle, constatant alors que le capitaine l'avait vu et l'attendait en haut.

Elric leva son bouclier pour parer le premier coup de l'adversaire. Dans le brouhaha, il crut l'entendre crier : « Mort à toi, démon au visage pâle ! Mort à toi ! Tu n'as plus ta place sur cette terre ! »

Elric, entendant ces mots, en oublia presque de se défendre. Ils semblaient exprimer l'exacte vérité. Peut-être en effet n'avait-il plus sa place sur la terre. Peut-être était-ce pour cette raison que Melniboné s'effondrait lentement, que moins d'enfants naissaient chaque année, que les dragons eux-mêmes ne se reproduisaient plus. Le capitaine donna un autre coup sur le bouclier ; puis Elric, par une feinte, visa les jambes de son adversaire. Mais l'autre avait prévu le coup et fit un bond en arrière. Elric eut cependant le temps de grimper les derniers échelons de l'échelle, et se retrouva face à face avec le capitaine.

Son visage était presque aussi blanc que celui d'Elric. Il suait, soufflait, et ses yeux étaient pleins de détresse et de peur à la fois.

— Pourquoi ne nous laissez-vous pas en paix ? s'entendit dire Elric. Nous ne vous faisons aucun tort, barbares. De quand date notre dernière expédition contre les Jeunes Royaumes ?

— Vous nous faites du tort par le simple fait d'exister, visage pâle, avec votre sorcellerie, vos coutumes, votre arrogance.

— Et c'est pour cela que vous êtes venus ? Est-ce que vous nous avez attaqués simplement parce que nous vous répugnons ? Ou bien parce que vous aviez l'intention de vous emparer de nos richesses ? Avouez-le, capitaine, c'est la cupidité qui vous a conduits à Melniboné.

— La cupidité, au moins, est un motif honnête, compréhensible. Mais vous autres créatures n'êtes pas humaines. Pis que cela : vous vous prenez pour des dieux, et vous n'êtes pas des dieux. Votre heure a sonné ; vous devez disparaître, votre cité doit être détruite, vos sorcelleries oubliées !

Elric hocha la tête en signe d'approbation.

— Vous avez peut-être raison, capitaine.

— Mais j'ai raison ! Ce sont nos saints qui le disent... Nos voyants prédisent votre chute. Ce sont les Seigneurs du Chaos, que vous servez, qui provoqueront eux-mêmes cette chute.

— Les Seigneurs du Chaos ne se mêlent plus des affaires de Melniboné. Ils se sont retirés il y a de cela presque mille ans maintenant. Elric observait attentivement le capitaine, évaluant la distance qui le séparait de lui. C'est peut-être pour cette raison que notre gloire s'est éteinte. Ou que nous sommes simplement devenus las de la gloire.

— Quoi qu'il en soit, dit le capitaine en s'épongeant le front, votre heure est passée. Vous devez être détruits définitivement. Puis un gémissement : le sabre d'Elric s'était glissé sous son plastron de mailles et lui avait transpercé l'estomac et les poumons.

Un genou plié, l'autre jambe tendue en arrière, Elric commença à retirer la longue lame et regarda le barbare qui semblait alors conciliant.

— C'était un combat déloyal, visage pâle. Nous avions à peine engagé la conversation que tu l'interrompais. Tu es très adroit. Puisses-tu connaître les affres de l'Enfer d'En-Haut. Adieu.

Pourquoi s'attaqua-t-il au cou du capitaine lorsque celui-ci tomba la face contre le pont, cela il ne put l'expliquer. La tête de sa malheureuse victime alla rouler sur le bord de la passerelle, puis un coup de pied l'envoya sombrer dans les froides profondeurs de l'eau.

C'est alors qu'Yyrkoon apparut derrière Elric, avec son éternel sourire grimaçant.

— Voilà un combat acharné, Votre Majesté. Ce malheureux avait raison.

— Raison ? Elric interrogea son cousin des yeux. Raison ?

— Oui, lorsqu'il louait ton glorieux exploit.

Puis, riant sous cape, il alla surveiller ses hommes qui liquidaient les quelques rescapés.

Elric ne savait pas pourquoi il avait toujours refusé de haïr Yyrkoon. Mais maintenant, il le haïssait, sans aucun doute. Il l'aurait même tué avec plaisir, là, sur-le-champ. Il venait d'éprouver la douloureuse sensation qu'Yyrkoon avait pénétré son âme et exprimé son mépris pour ce qu'il y avait découvert.

Une immense amertume s'empara soudain d'Elric. Et, du plus profond de lui-même, il souhaita ne plus être ce Melnibonéen, ne plus être cet Empereur, il souhaita qu'Yyrkoon n'eût jamais existé.

6

POURSUITE AU COURS DE LAQUELLE LE TRAÎTRE SE DÉVOILE

Tels des léviathans, les hautes frégates dorées se frayaient un passage parmi les épaves de la flotte pirate. Quelques galères étaient encore la proie des flammes, d'autres celle des flots, mais presque toutes avaient déjà sombré dans les profondeurs insondables. Les brasiers projetaient des ombres étranges qui dansaient sur les parois humides des cavernes marines, comme si les fantômes des victimes du massacre avaient rendu un dernier hommage à la terre avant d'aller rejoindre les abysses sur lesquelles régnait encore, disait-on, un Seigneur du Chaos qui recrutait ses fantastiques équipages parmi les âmes mortes au combat. Peut-être aussi allaient-ils rejoindre un destin plus doux à servir Straasha, Seigneur des Elémentaires de l'Eau, qui gouvernait la surface des mers.

Mais quelques pirates avaient réussi à s'enfuir. Ils avaient réussi à faire demi-tour, et peut-être même avaient-ils maintenant atteint la haute mer. La frégate amirale fut aussitôt alertée. Sur cette frégate se trouvaient Elric, Magum Colim et le Prince Yyrkoon, qui de la passerelle évaluaient les dommages.

— Alors, il nous faut nous lancer à leur poursuite et leur régler leur compte, déclara Yyrkoon. Son visage sombre luisait de sueur ; ses yeux brillaient de fièvre. Nous devons les poursuivre.

Elric haussa les épaules. Son énergie physique faiblissait. Il n'avait pas emporté de drogue avec lui pour renouveler ses forces. Il voulait rentrer à Imrryr et prendre du repos. Il était las du sang, las d'Yyrkoon, las de lui-même surtout. La haine qu'il concevait pour son cousin épuisait encore un peu plus ses forces — et il haïssait la haine, c'était cela le pire.

— Non, dit-il. Laissons-les s'enfuir.

— Les laisser fuir sans les châtier ? Vous n'y songez pas, Votre Majesté ! Ce n'est pas la coutume de Melniboné !

Le Prince Yyrkoon se tourna alors vers le vieil amiral.

» Est-ce la coutume des Melnibonéens, Amiral Magum Colim ?

Magum Colim haussa les épaules. Lui aussi ressentait la fatigue, mais au fond de lui-même il approuvait le Prince Yyrkoon. Les ennemis de Melniboné devaient être châtiés, ne serait-ce que pour avoir songé à attaquer la Cité qui Rêve. Il se contenta de dire :

— La décision appartient à l'Empereur.

— Laissons-les, répéta Elric. Il s'appuya de tout son poids sur le parapet. Laissons-les rapporter la nouvelle dans leur pays de barbares. Laissons-les rapporter le récit de la victoire des Princes Dragons. La nouvelle se répandra vite. Je crois que, pendant quelque temps, nous ne serons plus importunés par la visite de ces pirates.

— Les Jeunes Royaumes regorgent d'imbéciles, rétorqua Yyrkoon. Ils n'y croiront pas. Et il y aura toujours des pirates. Le meilleur moyen de les mettre en garde serait de s'assurer qu'il ne reste plus aucun habitant du Sud, en vie ou en fuite.

Elric poussa un profond soupir et essaya de surmonter le malaise qui s'emparait de lui.

— Prince Yyrkoon, tu es en train de mettre ma patience à l'épreuve...

— Mais, mon Empereur, je pense seulement au salut de Melniboné. Tu ne veux pas, assurément, que tes sujets racontent que tu n'es pas courageux, que tu redoutes d'engager un combat contre cinq malheureuses galères ?

Cette fois-ci, la colère redonna des forces à Elric.

— Qui ose dire qu'Elric n'est pas courageux ? Serait-ce toi, Yyrkoon ?

Il savait que ce qu'il allait dire était insensé, mais rien ne pouvait plus l'arrêter.

» Très bien ! Lançons-nous à la poursuite de ces malheureuses embarcations et coulons-les. Faisons vite. Je suis las de tout cela.

Un éclair mystérieux passa dans les yeux d'Yyrkoon alors que, déjà, il s'éloignait pour transmettre les ordres.

Le ciel s'éclaircissait lorsque la flotte melnibonéenne aborda la haute mer et mit le cap sur la Mer Bouillante et le continent du Sud. Les navires pirates ne traverseraient pas la Mer Bouillante — aucun navire mortel ne pouvait le faire, disait-on — mais la contourneraient. Ils n'atteindraient même pas les abords de la Mer Bouillante, car les gigantesques frégates étaient rapides. Les esclaves qui manœuvraient les rames étaient sous l'emprise d'une drogue qui augmentait leur cadence et leur force, avant de les tuer. Maintenant le vent gonflait les voiles. Les frégates, monstres dorés, fendaient les flots. Le secret de leur construction était inconnu même des Melnibonéens (qui avaient perdu beaucoup de leur savoir passé). Il était alors facile d'imaginer combien les Jeunes Royaumes pouvaient haïr Melniboné et ses inventions, car les frégates qui fonçaient sur les galères, maintenant en vue, semblaient appartenir à un autre âge, à un âge plus ancien.

« L'Enfant de Pyaray » était à la tête de la flotte. Il avait amorcé ses catapultes bien avant que les autres navires n'aient aperçu l'ennemi. Des esclaves ruisselants de sueur manipulaient avec précaution la matière visqueuse des projectiles qu'ils plaçaient dans les cuillères de bronze au moyen de longues pinces. La boule de feu ainsi libérée projetait ses flammes dans les premières lueurs de l'aurore.

Des esclaves gravissaient la passerelle pour apporter, sur des plateaux d'or, vin et nourriture aux trois Princes Dragons qui se tenaient là depuis le début de la poursuite. Elric n'avait pas la force de manger, mais il saisit une grande coupe de vin blanc qu'il vida d'un trait. Le vin était fort et fit renaître un peu de ses forces. Il prit une autre coupe et la vida aussi rapidement que la première. Il regarda vers l'avant du bateau. L'aurore se levait. Une lueur pourpre apparaissait à l'horizon.

— Dès que nous apercevrons le disque du soleil, dit Elric, nous ferons feu.

— Je vais transmettre l'ordre, dit Magum Colim en s'essuyant la bouche et en reposant l'os du morceau de viande qu'il venait de manger.

Il quitta la passerelle. Elric entendit ses pas lourds s'éloigner sur l'échelle. Puis, soudain, l'albinos eut l'impression d'être isolé parmi des ennemis. Magum Colim avait eu une attitude étrange au cours de la discussion avec le Prince Yyrkoon. Elric essaya de chasser de son esprit ces stupides pensées. Mais la fatigue, l'incertitude, les railleries de son cousin, tout cela ne faisait qu'ajouter à son sentiment de solitude, à cette impression d'être seul au monde, sans aucun ami. Même Cymoril et Dyvim Tvar, en fin de compte, étaient des Melnibonéens, et ne pouvaient comprendre les motifs de ses actions. Peut-être serait-il plus sage de renoncer à tout ce qui était de Melniboné et parcourir le monde, comme mercenaire, à servir ceux qui avaient besoin de son aide ?

Le demi-cercle rouge du soleil apparut au-dessus de la ligne sombre de l'horizon, de la frontière entre la mer et le ciel. Une série de grondements se fit entendre à l'avant de la frégate : les catapultes venaient de libérer leurs projectiles. Puis il y eut un long sifflement qui alla se perdre dans l'immensité du ciel. Il sembla alors qu'une douzaine de météores filaient vers les cinq galères qui se trouvaient à guère plus de trente encâblures.

Elric vit deux galères prendre feu ; les trois autres zigzaguaient pour éviter les boules de feu qui projetaient sur l'eau des flammes impétueuses avant de plonger, points incandescents, dans les profondeurs de l'océan.

D'autres boules de feu furent amorcées. Elric entendit Yyrkoon, de l'autre côté de la passerelle, qui ordonnait aux esclaves d'accélérer la cadence. Puis les navires en fuite changèrent de tactique, comprenant manifestement qu'ils ne pourraient résister plus longtemps : ils virèrent de bord pour mettre le cap vers « l'Enfant de Pyaray », répétant la manœuvre qu'ils avaient effectuée dans le labyrinthe. Elric admira non seulement le courage des pirates, mais aussi l'habileté avec laquelle ils avaient effectué cette manœuvre, la rapidité avec laquelle ils en étaient arrivés à cette décision logique, même si cette décision était désespérée.

Les galères des pirates cachaient maintenant le soleil, dont le disque répandait ses rayons pourpres comme pour préluder à l'effusion de sang à laquelle allait bientôt donner lieu l'affrontement entre les trois braves galères et la frégate amirale.

Celle-ci tira un autre feu de salve et la galère de tête tenta de virer de bord pour éviter les feux de l'ennemi, mais deux boules ardentes atterrirent directement sur le pont, embrasant bientôt tout le navire. Des hommes transformés en torches plongèrent dans l'eau, d'autres tombèrent des gréements. Ils périrent tous, victimes des flammes. Mais le bateau était une proie moins facile. Quelqu'un s'était emparé du gouvernail et le navire fonçait maintenant sur « l'Enfant de Pyaray ». Il vint heurter la coque dorée de la frégate, et les flammes se propagèrent sur le pont où les catapultes étaient amorcées. Un chaudron où étaient stockés tous les projectiles prit feu ; des marins accoururent aussitôt de toutes parts pour éteindre les flammes. Elric ne put retenir une grimace en voyant le spectacle dont les pirates étaient les acteurs. Peut-être ce navire s'était-il volontairement offert aux flammes ? Maintenant presque tout l'équipage était en train de lutter contre les flammes. Pendant ce temps, les navires du Sud se rapprochaient, lançaient les harpons et abordaient la frégate.

— Les barbares ! cria Elric, bien trop tard pour prévenir son équipage. Ils attaquent !

Il vit Yyrkoon faire volte-face, se rendre compte de la situation et se précipiter en bas de la passerelle.

— Tu restes là, mon seigneur, cria-t-il à Elric en disparaissant sur le pont inférieur. Tu es hors d'état de combattre !

Mais Elric rassembla tout ce qui lui restait de forces et suivit son cousin pour défendre lui aussi son navire.

Les barbares ne se battaient pas pour leur salut ; ils se savaient condamnés d'avance. Mais ils se battaient pour leur honneur. Ils voulaient capturer un navire melnibonéen, et ce navire devait être la frégate amirale elle-même. Il était difficile de mépriser ces hommes : ils savaient que même s'ils la capturaient, les autres navires de la flotte dorée les captureraient à leur tour.

Mais les autres bâtiments étaient encore assez loin. Beaucoup de marins tomberaient avant que les navires rejoignent la frégate amirale.

Elric se retrouva sur le pont inférieur, face à deux barbares gigantesques, armés d'une épée courbe et d'un petit bouclier ovale. Il allongea une botte ; mais il avait l'impression que son armure était une prison ; son bouclier et son épée étaient si lourds qu'il pouvait à peine les soulever. Deux épées touchèrent son heaume, presque en même temps. Il rompit, atteignit un homme au bras et repoussa l'autre de son bouclier. Une épée courbe frappa un coup sur sa dossière et faillit lui faire perdre l'équilibre. L'atmosphère était étouffante : la fumée, la chaleur, le tumulte de la bataille. Il fit volte-face et sentit son sabre plonger dans la chair. Un de ses adversaires tomba : le sang jaillit de sa bouche et de son nez. L'autre porta une botte. Elric rompit en trébuchant sur le cadavre de sa victime. Il amortit la chute avec son sabre. Et, lorsque le barbare triomphant se jeta sur l'albinos pour l'achever, Elric le frappa avec la pointe de son épée et l'embrocha. L'homme tomba sur Elric, qui ne sentit même pas le choc : il avait déjà perdu connaissance. Une nouvelle fois, son sang déficient, que ne fortifiaient plus les drogues, le trahissait.

Il sentit un goût de sel dans la bouche et pensa d'abord que c'était du sang. Mais c'était de l'eau de mer. Une vague qui était passée par-dessus bord lui fit reprendre connaissance un instant. Il essaya de se dégager du cadavre. Il entendit alors une voix qu'il reconnut aussitôt. Il détourna la tête et leva les yeux.

Le Prince Yyrkoon apparut. Il souriait d'un large sourire. Il jouissait du spectacle que lui offrait Elric. Il y avait toujours cette fumée noire qui envahissait tout, mais le bruit des armes s'était tu.

— Avons... avons-nous gagné, mon cousin ? Elric avait beaucoup de peine à parler.

— Oui. Les barbares sont maintenant tous morts. Nous appareillons pour rentrer à Imrryr.

Elric ressentit un immense soulagement. Il mourrait bientôt s'il ne pouvait pas se procurer rapidement ses drogues.

Son soulagement avait dû se lire sur son visage, car Yyrkoon éclata de rire.

— Il est heureux que la bataille ne se soit pas prolongée, car nous aurions perdu notre chef.

— Aide-moi à me relever, mon cousin.

Elric avait toujours répugné à demander une faveur au Prince Yyrkoon mais, cette fois-ci, il n'avait pas le choix. Il tendit sa main libre.

— J'ai encore assez de forces pour aller inspecter le navire.

Avec cet éternel sourire grimaçant, Yyrkoon s'avança comme pour lui prendre la main, mais il eut une seconde d'hésitation.

— Mais, mon seigneur, tu te trompes ! Tu seras mort lorsque le navire aura mis le cap sur l'Est.

— Allons donc ! Même sans ces drogues, je peux vivre encore longtemps, bien que j'aie de la peine à me mouvoir. Aide-moi à me relever, Yyrkoon, c'est un ordre !

— Tu n'as pas le droit de me donner d'ordre, Elric. Vois-tu, c'est moi l'Empereur, désormais.

— Prends garde à toi, mon cousin. Je peux fermer les yeux sur un tel acte de trahison, mais les autres non. Je vais être obligé de...

Yyrkoon enjamba le corps d'Elric et se dirigea vers le parapet. Il y avait là des goupilles qui maintenaient en place une partie du parapet lorsque celle-ci ne servait pas d'appontement. Yyrkoon défit les goupilles et abaissa vers l'eau la partie du parapet en question.

Elric faisait des efforts désespérés pour se relever. Mais c'est à peine s'il pouvait faire un mouvement.

Yyrkoon semblait possédé par une force surnaturelle. Il se baissa et dégagea sans aucune peine le cadavre qui écrasait Elric.

— Yyrkoon, dit Elric, ce n'est guère sage de ta part !

— Tu sais bien que je n'ai jamais été un homme

avisé, mon cousin.

Yyrkoon appuya une botte sur les côtes d'Elric et commença à faire glisser son corps vers l'ouverture. Au-dessous, c'étaient les flots sombres tourbillonnants.

» Adieu, Elric ! Désormais, c'est un vrai Melnibonéen qui occupera le Trône de Rubis et qui fera peut-être même de Cymoril l'Impératrice, qui sait ? Ce n'est pas exclu...

Puis Elric se sentit rouler, tomber, plonger. Il sentit son armure l'attirer vers le fond. Et les derniers mots d'Yyrkoon résonnèrent à ses oreilles comme l'éternel clapotis des vagues contre la coque de la frégate dorée.

LIVRE DEUX

Doutant plus que jamais de lui-même et de sa destinée, l'Empereur albinos fait intervenir ses pouvoirs magiques, sans pour autant oublier qu'il suit une ligne d'action qui n'est nullement conforme à sa conception première de la vie. Mais maintenant la situation doit revenir à la normale. Désormais il gouvernera comme doit gouverner un Empereur. Désormais il se montrera cruel. Mais là encore il se heurtera à des obstacles.

1

LES CAVERNES DU SEIGNEUR DE LA MER

IMPETUEUX, implacables, les flots engloutissaient Elric, qui tentait désespérément de retenir le souffle qui lui restait. Il n'avait pas la force de nager, et le poids de son armure lui ôtait tout espoir de remonter à la surface et ainsi d'être aperçu par Magum Colim ou un de ceux qui lui étaient restés fidèles.

Le bourdonnement qui emplissait ses oreilles se transforma bientôt en un doux murmure, le murmure de douces voix, les voix des Elémentaires de l'Eau avec qui il avait, enfant, noué une sorte d'amitié. Puis la douleur de ses poumons disparut. Le brouillard pourpre s'estompa devant ses yeux et il crut voir le visage de son père, Sadric, celui de Cymoril ; un instant il crut même apercevoir celui d'Yyrkoon. Ce stupide Yyrkoon ! Quand bien même il se vanterait d'être melnibonéen, il n'avait pas la subtilité des Melnibonéens. Il avait la brutalité et le franc-parler de certains des barbares qu'il méprisait tant. Et maintenant, Elric en arrivait presque à avoir de la reconnaissance pour son cousin. Il lui avait ôté la vie. Les conflits qui harcelaient son âme ne le tortureraient plus. Ses craintes, ses tourments, son amour, sa haine, tout cela appartenait au passé ; à l'avenir appartenait seulement l'oubli. Et lorsque le dernier soupir il rendit, à la mer de son corps il fit l'offrande, à Straasha, Seigneur des Elémentaires de l'Eau, camarades de jadis du peuple melnibonéen. Ce faisant, il se rappela l'antique incantation par laquelle ses ancêtres invoquaient Straasha.

Dans son esprit qui s'éteignait, les runes prirent aussitôt forme.

Flots de l'océan qui nous avez engendrés,
Qui avez été notre nourrice et notre mère,
En des jours où le ciel était gris,
Vous fûtes les premiers, vous serez les derniers.

Seigneurs de la mer, pères de notre sang,
Nous implorons votre aide, votre aide nous implorons.
Vos flots salés sont notre sang, notre sang vos flots salés,
Le sel des flots est le sang de l'Homme.

Straasha, roi éternel de la mer éternelle,
J'implore ton aide.
Car mes ennemis, qui sont tes ennemis,
Veulent vaincre notre destin et drainer notre mer.

Cette incantation devait avoir une valeur symbolique par rapport au passé ou bien un rapport quelconque avec un événement passé de Melniboné que les livres n'avaient même pas rapporté à Elric. Pour lui cette incantation ne signifiait pas grand-chose, et pourtant c'était comme un refrain qui accompagnait son corps dans l'abîme des flots verts. Et ce même refrain lui parvenait à travers le labyrinthe de son cerveau, lorsque l'obscurité abyssale l'accabla, que l'eau envahit ses poumons. Elric n'était plus. L'incantation demeurait. C'était étrange.

Ses yeux devaient s'ouvrir beaucoup plus tard pour découvrir les tourbillons des flots au milieu desquels évoluaient de gigantesques silhouettes floues qui venaient à sa rencontre. La mort était longue à s'installer, et les rêves vinrent emplir ce prélude à la mort. La première de ces silhouettes avait une barbe et des cheveux d'un bleu turquoise, une peau d'un vert pâle, une peau verte qui semblait être la mer. Et lorsqu'elle parlait, sa voix semblait être le flux. La silhouette sourit à Elric.

« *Straasha répond à ton invocation, mortel. Nos desti-*

nées sont liées. Comment puis-je t'aider et par là même m'aider ? »

Elric avait la bouche emplie d'eau mais son rêve ne pouvait l'empêcher de parler. Il dit :

— Seigneur Straasha ! Les peintures dans la Tour de D'arputna, dans la bibliothèque. Je les ai vues quand j'étais enfant, Seigneur Straasha.

Le Roi de la Mer tendit ses mains vertes comme la mer. « *Oui. Tu nous as invoqués. Tu as besoin de notre aide. Nous respecterons l'ancien pacte que nous avons conclu avec ton peuple.* »

— Non. Je ne voulais pas vous invoquer. Les mots sont venus spontanément à mon esprit qui se meurt. Je suis heureux de sombrer dans les flots, Seigneur Straasha.

« *C'est impossible. Si ton esprit nous a invoqués, c'est qu'il veut vivre. Nous l'aiderons.* »

La barbe du Seigneur Straasha ondulait au gré des flots et ses doux yeux verts, emplis de tendresse, contemplaient l'albinos.

Elric referma les yeux.

— Je rêve, dit-il. Je ne suis que la proie des fantasmes de mes désirs.

Il eut la sensation de l'eau dans ses poumons et il savait qu'il ne respirait plus. C'était donc évident, il était mort.

» Mais si tu étais un véritable ami, mon vieil ami, et si tu voulais m'aider, tu me ramènerais à Melniboné afin que je règle son compte à Yyrkoon et que je sauve Cymoril avant qu'il ne soit trop tard. Mon seul regret, c'est le tourment que va connaître Cymoril si son frère devient Empereur de Melniboné.

« *Est-ce tout ce que tu demandes aux Elémentaires de l'Eau ?* » Le Seigneur Straasha semblait presque déçu.

— Cela, je ne le leur demande même pas. Je formule seulement ce que j'eusse souhaité si j'avais vraiment parlé, ce qui est désormais impossible, je le sais. Maintenant je vais mourir.

« *C'est impossible, Seigneur Elric, car nos destinées sont étroitement liées l'une à l'autre et je sais que ce n'est pas encore l'heure de mourir pour toi. C'est pourquoi je vais t'aider comme tu me l'as suggéré.* »

Elric fut surpris de voir le luxe de détails que pouvaient se permettre ses fantasmes. Il se dit :

— Quel cruel tourment je m'inflige ! Maintenant je dois me faire à l'idée de la mort...

« *Tu ne peux mourir. Pas encore.* »

Il eut alors l'impression que les douces mains du Seigneur de la Mer le transportaient dans un dédale de corail aux délicates teintes roses. Elric venait de quitter les flots de la mer. Il sentit ses poumons et son estomac se libérer de l'eau, son souffle revenir. Serait-ce qu'il avait été transporté au niveau légendaire des Elémentaires — un niveau qui coupait celui de la Terre et sur lequel habitaient la plupart de ces Elémentaires ?

Ils arrivèrent enfin dans une gigantesque caverne circulaire aux parois de nacre rose et bleue. Ils prirent du repos. Le Roi de la Mer étendit Elric sur le sol, qui semblait être du sable blanc fin mais qui, en fait, n'en était pas. C'était une sorte de matériau élastique sur lequel l'empreinte des pas aussitôt disparaissait.

Chaque pas du Seigneur Straasha s'accompagnait du bruit de la vague qui se retire. Le Seigneur de la Mer foulait le sable blanc, il se dirigeait vers un large trône de jade blanc. Il y prit place, reposa son menton vert sur son poing vert et sur Elric posa un regard perplexe et attendri.

Elric était encore faible mais il respirait. Il avait l'impression que l'eau avait empli son corps puis l'avait purifié en se retirant. Il savait qu'il avait toute sa lucidité d'esprit. Et il était déjà moins sûr de rêver.

— Je m'explique encore mal pourquoi vous m'avez sauvé, Seigneur Straasha, murmura-t-il, allongé sur le sable.

« *Les runes. Nous les avons entendues et nous sommes venus. Tout simplement.* »

— Oui, mais la sorcellerie, ce n'est pas seulement cela. C'est aussi des psalmodies, des symboles, des rites de toutes sortes. Du moins était-ce cela jadis.

« *Peut-être les rites deviennent-ils parfois ces invocations qui nous ont fait parvenir ton appel. Quand bien même tu aurais souhaité mourir, il était évident que tu ne voulais pas vraiment mourir, sinon l'invocation ne nous serait pas parvenue avec autant de netteté et de rapidité. Oublie tout cela, maintenant. Lorsque tu te seras reposé, nous ferons ce que tu nous as demandé.* »

Elric se dressa péniblement sur son séant.

— Vous avez parlé tout à l'heure de « destinées liées ». Savez-vous quelque chose de ma destinée ?

« *Quelques éléments, oui, je pense. Notre monde vieillit. Les Elémentaires étaient puissants sur votre niveau, autrefois, et le peuple de Melniboné partageait cette puissance. Mais aujourd'hui cette puissance s'amenuise, tout comme la vôtre. Quelque chose est en train de changer. On présage que les Seigneurs d'En-Haut ont de nouvelles vues sur votre monde. Peut-être craignent-ils que le peuple des Jeunes Royaumes les ait oubliés. Peut-être le peuple des Jeunes Royaumes menace-t-il d'instaurer un nouvel âge, un âge où les dieux et les êtres tels que moi n'auront plus leur place. Je crois que les Royaumes d'En-Haut sont en proie à un certain malaise.* »

— Est-ce tout ce que vous savez ?

Le Seigneur Straasha leva la tête et regarda Elric dans les yeux. « *Je ne peux rien te dire de plus, fils de mes vieux amis, sinon que tu serais plus heureux si tu acceptais entièrement ta destinée lorsque tu la comprends.* »

Elric soupira.

— Je crois savoir de quoi vous parlez, Seigneur Straasha. J'essaierai d'écouter votre conseil.

« *Et maintenant que tu t'es reposé, il est l'heure de partir.* »

Le Seigneur de la Mer se leva de son trône de jade blanc et se dirigea vers Elric, qu'il prit dans ses robustes bras verts.

« *Nous nous reverrons encore une fois avant de mourir, Elric. J'espère qu'encore une fois je pourrai t'aider. Et rappelle-toi que nos frères de l'Air et du Feu essayeront également de t'aider. Rappelle-toi aussi que les bêtes peuvent t'être utiles. Tu ne dois pas douter de leur aide. Mais défie-toi des dieux, Elric. Défie-toi des*

Seigneurs d'En-Haut et rappelle-toi qu'il faut toujours les dédommager de leur aide et de leurs faveurs. »

Telles furent les dernières paroles du Seigneur de la Mer avant qu'ils ne pénètrent dans le dédale inextricable de ce niveau. Ils se déplaçaient si vite qu'Elric ne pouvait rien voir de ce qui l'entourait et parfois même il se demandait s'il était toujours dans le Royaume du Seigneur Straasha ou s'il avait déjà abordé les profondeurs de la mer de son propre royaume.

2

UN NOUVEL EMPEREUR ET UN EMPEREUR RESSUSCITÉ

Des nuages s'amoncelaient dans le ciel, des nuages étranges. Le lourd soleil, derrière eux, dardait ses rayons pourpres, un soleil titanesque. La mer était sombre, une mer immense. Les frégates dorées rentraient au port. « L'Enfant de Pyaray » les suivait péniblement. La bataille ne l'avait pas épargné : aux rames se trouvaient des esclaves morts, aux mâts des lambeaux de voiles, sur les ponts des hommes noircis par la fumée et sur ce qui restait de la passerelle un nouvel Empereur. Seul l'Empereur exultait. C'était son pavillon désormais, et non plus celui d'Elric, qui flottait au grand mât. En effet, à peine avait-il annoncé la mort d'Elric qu'il s'était proclamé Empereur de Melniboné.

Pour Yyrkoon, ce ciel étrange augurait une mutation, un retour aux anciennes coutumes et à la gloire passée de l'Ile aux Dragons. La voix qui lançait des ordres était une voix d'exalté. L'Amiral Magum Colim, qui s'était toujours méfié d'Elric et qui devait maintenant obéir aux ordres d'Yyrkoon, se demanda s'il ne serait pas préférable de faire d'Yyrkoon ce qu'Yyrkoon lui-même avait fait d'Elric — du moins ce qu'il le soupçonnait d'avoir fait.

Dyvim Tvar était appuyé au bastingage de son navire,

« le Bonheur de Terhali ». Il scrutait aussi le ciel, dans lequel il voyait par contre un mauvais augure, car il pleurait Elric et imaginait la vengeance que celui-ci pourrait exercer sur le prince Yyrkoon, si jamais l'on devait découvrir qu'Yyrkoon avait tué son cousin pour usurper le Trône de Rubis.

Melniboné apparut à l'horizon, sombre silhouette rocheuse, monstre noir tapi à la surface de l'eau, qui rappelait les siens aux joies du foyer, aux joies d'Imrryr, la Cité qui Rêve. Les hautes falaises se dressèrent devant eux. La porte centrale du labyrinthe s'ouvrit. Les remous fouettaient les proues dorées. Les navires furent happés par l'obscurité humide du tunnel où flottaient encore quelques épaves, derniers témoignages de l'affrontement de la nuit précédente. Des cadavres au visage livide boursouflé par l'eau apparaissaient parfois dans le faisceau lumineux des torches. Les proues avançaient fièrement parmi les corps des victimes de leurs propres navires, mais malgré sa victoire l'équipage des frégates dorées ne montrait aucun signe d'allégresse, car avec l'annonce de cette victoire, il devait aussi apporter celle de la disparition de son Empereur mort au combat (Yyrkoon leur avait en effet fait sa relation de ce qui était arrivé). La Danse Sauvage de Melniboné allait hanter les rues sept nuits durant. Potions et incantations déroberaient le sommeil aux Melnibonéens, car le sommeil était une chose interdite à tous, jeunes ou vieux, pendant les jours de deuil. Les Princes Dragons rôderaient nus, par toute la cité, en quête de jeunes femmes afin de semer les graines de la prospérité, car la tradition voulait qu'à la mort d'un Empereur les nobles de Melniboné engendrent le plus grand nombre possible d'enfants de sang aristocratique. Les esclaves-musiciens répandraient leurs hurlements du haut de chaque tour. D'autres esclaves seraient tués, d'autres encore mangés. C'était une danse redoutable que cette Danse de la Misère ; elle emportait autant de vies qu'elle en engendrait. Une tour serait abattue, une autre serait érigée en l'espace de sept jours, qui aurait pour nom la Tour Elric III, l'Empereur albinos, victime de la mer, mort en défendant Melniboné contre les pirates du Sud.

Victime de la mer, emporté par ses flots. Cela n'était pas de bon augure, car cela signifiait qu'Elric s'en était allé servir Pyaray, le Révélateur tentaculaire d'Impossibles Secrets, le Seigneur du Chaos, qui commandait la Flotte du Chaos — épaves de navires, cadavres de marins, devenus à jamais ses esclaves — et ce destin ne pouvait décemment être celui d'un Prince de la Lignée Royale de Melniboné. Mais les jours de deuil seraient longs, pensa Dyvim Tvar. Il avait aimé Elric, bien qu'il ait parfois pu désapprouver sa méthode de gouverner l'Ile aux Dragons. Cette nuit, il s'en irait en secret dans les Cavernes célébrer le deuil avec les dragons endormis qui, maintenant qu'Elric n'était plus, étaient tout ce qu'il lui restait à aimer. Puis Dyvim Tvar pensa à Cymoril, qui attendait le retour d'Elric.

Les navires se profilèrent dans la lumière incertaine du crépuscule. Torches et braseros étaient déjà allumés sur les quais déserts d'Imrryr. Seul un petit groupe était là autour d'un char à l'extrémité du môle central. Un vent froid soufflait. Dyvim Tvar savait que c'était la Princesse Cymoril avec ses gardes, attendant la flotte.

Bien que la frégate amirale n'arrivât que la dernière, les autres navires durent attendre qu'elle fût amarrée. Si la tradition ne l'avait pas exigé ainsi, Dyvim Tvar serait descendu à terre pour aller parler à Cymoril, et lui dire ce qu'il savait des circonstances de la mort d'Elric. Mais ce fut impossible : avant même que « le Bonheur de Terhali » eût jeté l'ancre, la passerelle de « l'Enfant de Pyaray » avait été mise en place et l'Empereur Yyrkoon était descendu triomphalement pour saluer sa sœur d'un geste vainqueur. Mais Cymoril cherchait toujours des yeux son albinos bien-aimé sur le pont des navires.

Soudain Cymoril comprit qu'Elric était mort et soupçonna aussitôt Yyrkoon d'être responsable, d'une façon ou d'une autre, de cette mort. Yyrkoon avait soit laissé aux pirates du Sud le soin d'abattre Elric, soit pris lui-même le soin de le tuer. Elle connaissait son frère, elle connaissait aussi cette expression de son visage. Une expression de satisfaction, la satisfaction qu'il éprouvait toujours lorsqu'il venait de réussir un acte de trahison ou un autre du même genre. Un éclair de colère passa dans ses yeux emplis de larmes ; elle renversa la tête en arrière et cria vers les cieux tourmentés :

— Ah ! Yyrkoon l'a tué !

Ses gardes la regardèrent, consternés. Le capitaine lui demanda avec sollicitude :

— Madame disait ?

— Il est mort, et c'est ce frère ignoble qui l'a tué ! Emmenez le Prince Yyrkoon, capitaine. Tuez-le, capitaine !

Le capitaine, à contrecœur, porta la main droite sur la garde de son épée. Un jeune soldat, plus impétueux, tira sa lame en murmurant :

— Je le tuerai, Princesse, si tel est votre désir.

Le jeune soldat aimait Cymoril d'un amour irraisonné.

Le capitaine lança au soldat un regard d'avertissement, mais celui-ci refusa de le voir. Deux autres tiraient leur épée lorsque Yyrkoon, avec sa cape rouge, son heaume dont le cimier réfléchissait la lumière des flammes tourmentées par le vent, s'avança et cria :

— Yyrkoon est désormais l'Empereur !

— Non ! hurla sa sœur. Elric ! Elric ! Où es-tu ?

— Il sert son nouveau maître, Pyaray du Chaos. Ses bras morts manœuvrent les rames d'un navire du Chaos, ma sœur. Ses yeux morts ne voient plus rien. Ses oreilles mortes n'entendent plus que le claquement des fouets de Pyaray et sa chair morte s'humilie, elle ne sent rien, sinon ce fouet qui n'est pas de ce monde. Elric a sombré avec son armure dans l'abîme de la mer.

— Assassin ! Traître ! cria Cymoril à travers ses sanglots.

Le capitaine, qui était un homme pratique, murmura à ses soldats :

— Rengainez vos épées et saluez le nouvel Empereur.

Le jeune garde épris de Cymoril fut le seul à ne pas s'exécuter.

— Il a tué l'Empereur ! La princesse Cymoril ellemême l'a dit.

— Et alors ? Il est l'Empereur maintenant. Mets-toi à genoux ou tu seras tué sur-le-champ.

Le jeune soldat poussa un hurlement féroce et bondit vers Yyrkoon, qui recula, tentant de dégager ses armes des replis de sa cape. Il ne s'attendait pas à ce genre d'incident.

Puis le capitaine à son tour fit un bond en avant et de son épée frappa le jeune homme, qui fit entendre un râle d'agonie, puis tomba aux pieds d'Yyrkoon.

Le capitaine venait de confirmer sa puissance ; Yyrkoon esquissa un sourire de satisfaction en regardant le corps gisant à terre. Le capitaine s'agenouilla, tenant toujours dans sa main son épée sanglante.

— Mon Empereur, dit-il.

— Vous venez de démontrer votre loyauté, capitaine.

— Ma loyauté au Trône de Rubis.

— Assurément.

Cymoril frémissait de dépit et de rage, mais cette rage était impuissante. Elle comprit qu'elle n'avait désormais plus aucun ami.

L'Empereur Yyrkoon s'avança vers elle, avec un regard lubrique. Il étendit son bras et lui caressa le cou, la joue, la bouche. Il laissa retomber ce bras en frôlant ses seins.

— Ma sœur, dit-il, tu es à moi tout entière maintenant.

Et ce fut au tour de Cymoril de tomber aux pieds d'Yyrkoon : elle avait perdu connaissance.

— Relevez-la ! ordonna-t-il au garde. Ramenez-la à sa tour et veillez à ce qu'elle ne s'en échappe pas. Deux gardes la surveilleront sans relâche, même dans ses moments d'intimité, car elle risque d'ourdir quelque complot contre le Trône de Rubis.

Le capitaine s'inclina et fit signe à ses hommes d'obéir à l'Empereur.

— Oui, mon seigneur. Vos ordres seront exécutés.

Yyrkoon jeta un nouveau coup d'œil sur le cadavre du jeune soldat.

» Et donne celui-là à ses esclaves pour leur repas de ce soir. Il l'aura ainsi servie jusqu'à la fin.

Il sortit.

Le capitaine sourit aussi en entendant cette plaisanterie. Il était heureux à l'idée que Melniboné allait de nouveau avoir un Empereur véritable. Un Empereur qui savait quelle attitude adopter, qui savait comment traiter l'ennemi et qui considérait la loyauté inébranlable de ses sujets comme un dû. L'avenir réserverait de belles batailles à Melniboné. Les frégates dorées et les guerriers d'Imrryr entreprendraient de nouvelles conquêtes et inspireraient la crainte aux barbares des Jeunes Royaumes, une crainte qui flattait l'orgueil des Melnibonéens. Le capitaine se voyait déjà en train de piller les trésors du Lormyr, de l'Argimiliar et du Pikarayd, d'Illmoria et du Jadmar. Il pourrait même devenir gouverneur de l'Ile des Cités Pourpres, par exemple. Il se délecterait à tourmenter ces seigneurs venus de la mer, et en particulier ce Comte Smiorgan Baldhead qui avait entrepris de faire de l'île la rivale commerciale de Melniboné. Le corps inerte de la Princesse Cymoril, qu'il ramenait à sa tour, alluma ses désirs. Yyrkoon récompenserait sa loyauté, cela ne faisait aucun doute. Malgré le vent froid qui soufflait, le capitaine se mit à transpirer à cette seule perspective. Et il serait le garde de la Princesse Cymoril. O jouissance sublime !

D'un air important, Yyrkoon avançait à la tête de son armée vers la Tour de D'arputna, la Tour des Empereurs, où se trouvait le Trône de Rubis. Il préféra faire fi de la litière qui avait été apportée à son intention, pour aller à pied et jouir de chaque instant de son triomphe. Il s'avançait vers la tour qui dominait les autres au centre d'Imrryr comme vers une maîtresse bien-aimée. Il avançait lentement, doucement, car il savait qu'elle était à lui.

Il regardait autour de lui. Son armée l'escortait. A sa tête se trouvaient Magum Colim et Dyvim Tvar. La foule bordait les rues tortueuses et faisait force révérences. Les esclaves se prosternaient devant lui. Même les bêtes de somme se mettaient à genoux sur son passage. Yyrkoon goûtait le pouvoir comme l'on goûte un fruit fondant. Il aspirait de grandes bouffées d'air. Même l'air était à lui. Tout Imrryr était à lui. Tout Melniboné. Bientôt le monde entier serait à lui. Et il dilapiderait toutes les richesses du monde. Il allait de nouveau faire régner la terreur, du nord au sud et du sud au nord.

Dans une passion extatique, presque aveugle, l'Empereur Yyrkoon pénétra dans la tour. Il marqua une pause devant les grandes portes de la Salle du Trône. Il fit signe à ses serviteurs d'ouvrir les portes pour jouir du spectacle qui allait se dérouler devant ses yeux. Les murs, les bannières, les trophées, les galeries, tout cela était à lui. La Salle du Trône était vide, mais elle serait bientôt pleine de couleurs, de cérémonies et de divertissements dignes de Melniboné. Il y avait bien longtemps que l'odeur du sang n'avait pas empli l'atmosphère de cette salle. Puis son regard se mit à gravir lentement les degrés du Trône de Rubis ; mais avant de parvenir au sommet, il entendit Dyvim Tvar suffoquer derrière lui. Il regarda alors vers le Trône de Rubis et frémit. Il n'en croyait pas ses yeux.

— Illusion !

— Apparition ! dit Dyvim Tvar avec une certaine satisfaction.

— Hérésie ! hurla l'Empereur Yyrkoon qui s'avança alors d'un pas mal assuré, désignant du doigt la silhouette drapée d'une cape et coiffée d'un capuchon, tranquillement assise sur le Trône de Rubis. C'est à moi ! A moi !

La silhouette resta muette.

» C'est à moi. Va-t'en ! Le trône appartient à Yyrkoon. Yyrkoon est l'Empereur maintenant ! Qui es-tu ? Pourquoi viens-tu me tourmenter ?

Le capuchon se rabattit, découvrant un visage d'une pâleur cadavérique. Des yeux pourpres regardaient sereinement la chose hurlante, titubante qui se rapprochait d'eux.

» Tu es mort, Elric ! Je sais que tu es mort !

L'apparition ne répondit toujours pas, mais un léger sourire se dessina sur ses lèvres blanches.

» Tu n'as pas pu survivre. Tu t'es noyé. Tu ne peux pas revenir. Pyaray s'est emparé de ton âme.

— Il y a d'autres Seigneurs qui règnent sur la mer,

dit la silhouette assise sur le Trône de Rubis. Pourquoi m'as-tu tué, mon cousin ?

A la perfidie d'Yyrkoon succédèrent la terreur et la confusion.

— Parce que c'est mon droit de gouverner ! Parce que tu n'étais pas assez fort, pas assez cruel, pas assez cynique !...

— N'est-ce pas là une bonne plaisanterie, mon cousin ?

— Va-t'en ! Va-t'en ! Va-t'en ! Ce n'est pas un spectre qui va prendre ma place ! Un Empereur défunt ne peut gouverner Melniboné !

— C'est ce que nous verrons, dit Elric en faisant un signe à Dyvim Tvar et ses soldats.

3

JUSTICE ET TRADITION

— Je gouvernerai désormais comme tu souhaitais me voir gouverner, mon cousin.

Elric regardait les soldats de Dyvim Tvar, qui cernaient l'usurpateur pour le maîtriser et le dépouiller de ses armes.

Yyrkoon haletait comme un loup qui viendrait d'être capturé. Il regarda tout autour de lui comme dans l'espoir de recueillir le soutien de l'un des soldats, mais il ne se heurta qu'à des regards de mépris ou d'indifférence.

— Et tu seras le premier à bénéficier de mes nouvelles méthodes de gouvernement, Prince Yyrkoon. Es-tu satisfait ?

Yyrkoon baissa les yeux. Maintenant, il tremblait. Elric éclata de rire.

» Parle plus fort, mon cousin.

— Puissent Arioch et tous les Seigneurs de l'Enfer te tourmenter pour l'éternité ! grommela Yyrkoon. Il rejeta la tête en arrière. Roulant des yeux féroces, il abaissa le coin des lèvres : Arioch ! Arioch ! Maudis ce faible albinos ! Arioch ! Détruis-le pour ne pas voir tomber Melniboné !

Elric riait toujours.

— Arioch ne t'entend pas. Le Chaos a peu de pouvoir sur la Terre maintenant. Ton incantation ne suffit pas pour invoquer l'aide que les Seigneurs du Chaos octroyaient jadis à nos ancêtres. Et maintenant, Yyrkoon, dis-moi où se trouve la Princesse Cymoril.

Mais Yyrkoon s'était de nouveau refermé dans un mutisme farouche.

— Elle est dans sa tour, mon Empereur, dit Magum Colim.

— C'est un soldat d'Yyrkoon qui l'a emmenée là-bas, ajouta Dyvim Tvar. Le capitaine de la garde de Cymoril. Il venait de tuer un soldat qui essayait de défendre sa maîtresse contre Yyrkoon. Il ne serait pas impossible que la Princesse Cymoril fût en danger, mon seigneur.

— Alors, allez vite à la tour. Emmenez des hommes avec vous et ramenez Cymoril et le capitaine de sa garde.

— Et Yyrkoon, mon seigneur ? demanda Dyvim Tvar.

— Qu'il reste ici jusqu'à l'arrivée de sa sœur.

Dyvim Tvar s'inclina et sortit de la salle du trône avec un corps de soldats. Tous avaient remarqué que son pas était plus léger, sa mine moins sévère que lorsqu'il était entré dans la Salle du Trône à la suite du Prince Yyrkoon.

Yyrkoon redressa la tête et regarda vers la cour. Il avait l'air attendrissant d'un enfant perdu ; la haine et la colère s'étaient effacées de son visage. Elric sentit naître en lui un sentiment de pitié pour son cousin. Mais, cette fois-ci, il réprima ce sentiment.

— Tu devrais me savoir gré de t'avoir légué le pouvoir quelques heures, de t'avoir laissé jouir de ce sentiment de domination face au peuple melnibonéen.

C'est d'une voix timide et intriguée à la fois qu'Yyrkoon demanda à Elric :

— Comment as-tu échappé à la mort ? Tu n'avais ni le temps ni la force de prononcer une incantation. Tu pouvais à peine te mouvoir et ton armure a dû t'entraîner au plus profond de la mer. Tu aurais dû te noyer. Je ne comprends pas, Elric. Tu aurais dû te noyer.

Elric haussa les épaules.

— J'ai au sein de la Mer des amis qui reconnaissent mon sang royal et mon droit de gouverner, si toi tu ne le fais pas.

Yyrkoon essaya de dissimuler sa stupéfaction. A sa haine pour Elric venait maintenant s'ajouter, de façon singulière, le respect.

— Des amis ?

— Oui, dit Elric, avec un léger sourire.

— Je croyais que tu avais fait vœu de ne pas user de ton pouvoir de sorcellerie.

— Mais tu croyais qu'un tel vœu convenait mal à un monarque melnibonéen, n'est-ce pas ? Je suis d'accord avec toi. Vois-tu, Yyrkoon, tu as finalement remporté une victoire.

Yyrkoon regardait fixement Elric, comme pour essayer de découvrir ce qui se cachait derrière ces paroles.

— Tu vas faire revenir les Seigneurs du Chaos ?

— Aucun sorcier, aussi puissant soit-il, ne peut invoquer les Seigneurs du Chaos, ou, pour la circonstance présente, les Seigneurs de la Loi, s'ils ne veulent pas entendre celui qui les invoque. Cela, tu le sais, Yyrkoon. N'as-tu pas essayé toi-même ? Et Arioch ne s'est pas manifesté, n'est-ce pas ? T'a-t-il fait don de ce que tu désirais, c'est-à-dire les deux Epées Noires ?

— Tu sais cela ?

— Je ne le savais pas. Je l'ai deviné. Mais maintenant, je le sais.

Yyrkoon essaya de parler, mais le courroux le rendait muet ; il ne put qu'émettre un faible grognement. Les soldats s'emparèrent de lui ; il se débattit, mais dut bientôt renoncer à la lutte.

Dyvim Tvar revint avec Cymoril. La jeune femme était pâle, mais souriante. Elle se précipita vers le trône.

— Elric !

— Cymoril ! Es-tu blessée ?

Cymoril jeta un coup d'œil sur le capitaine de sa garde, qui arborait maintenant un air déconfit. Il était arrivé avec la princesse. Elle eut alors une moue dégoûtée, puis secoua la tête.

— Non, je n'ai pas de mal.

Le capitaine tremblait de terreur. Il lança un regard implorant à Yyrkoon, comme s'il avait espéré quelque chose de celui-ci. Mais Yyrkoon, prisonnier, baissait toujours les yeux.

— Qu'il approche, dit Elric en désignant le capitaine.

L'homme fut traîné, gémissant, jusqu'au pied des marches du Trône de Rubis. Le voilà, le traître ! dit Elric. Yyrkoon, lui au moins, a eu le courage de me tuer. Et ses ambitions étaient grandes. Ta seule ambition, à toi, c'était de devenir l'un de ses favoris. Et c'est ainsi que tu as trahi ta maîtresse et tué un de tes soldats. Quel est ton nom ?

L'homme avait du mal à parler, mais il finit par dire dans un murmure :

— Valharik. Que pouvais-je faire d'autre ? Je sers le Trône de Rubis, quel que soit celui qui l'occupe.

— Ainsi le traître prétend que c'est la loyauté qui a motivé son acte. Je n'en crois rien !

— C'est la loyauté, en effet, mon seigneur.

Le capitaine se mit à pleurer et tomba à genoux.

» Tuez-moi. Ne m'infligez pas plus grand châtiment.

La première réaction d'Elric fut de faire ce que l'homme lui demandait. Mais il regarda Yyrkoon, puis se rappela l'expression qu'il avait lue sur le visage de Cymoril lorsque celle-ci avait elle-même regardé le garde. Il savait qu'il se devait de faire un exemple du capitaine Valharik. Il hocha alors la tête.

— Non. Je t'infligerai un plus grand châtiment. Tu mourras cette nuit, comme le veut la tradition de Melniboné. Mes nobles festoieront pour célébrer le nouvel Empereur.

Valharik se mit à sangloter. Puis, se reprenant, il se releva et redevint le Melnibonéen qu'il était. Il s'inclina profondément, puis se retira pour se livrer à ses gardes.

— Il me faut trouver un moyen de vous réunir dans la mort, toi et celui que tu voulais servir. Elric poursuivit :

Comment as-tu tué le jeune soldat qui voulait obéir à Cymoril ?

— Avec mon épée. Un coup, dans les règles de l'art, un seul coup.

— Et qu'as-tu fait du corps ?

— Le Prince Yyrkoon m'a dit de le donner aux esclaves de Cymoril pour leur repas.

— Je vois. Prince Yyrkoon, tu seras du festin ce soir pendant que le capitaine Valharik nous offrira le spectacle sublime de l'agonie.

Yyrkoon était presque aussi pâle qu'Elric.

— Que veux-tu dire par-là ?

— Tu te régaleras ensuite des succulents morceaux de chair du capitaine Valharik, que notre Docteur Jest se fera un honneur de préparer. Tu pourras même dire à quelle sauce tu désires voir accommoder ce plat. Je ne pense pas que tu veuilles manger de la viande crue, mon cousin ?

Même Dyvim Tvar avait l'air surpris d'une telle décision de la part d'Elric. C'était une décision digne d'un Melnibonéen, certes, et une subtile réplique au Prince Yyrkoon, mais ce n'était pas une décision qui ressemblait à Elric — du moins à l'Elric qu'il avait connu jusqu'alors.

En entendant ces mots, le capitaine Valharik poussa un hurlement de terreur et regarda le Prince Yyrkoon comme si l'usurpateur eût déjà goûté sa chair. Yyrkoon se détourna, tremblant.

— Tout cela n'est qu'un début, dit Elric. Le festin commencera à minuit. Jusque-là, Yyrkoon restera dans sa tour.

Après que le Prince Yyrkoon et le capitaine Valharik eurent disparu, Dyvim Tvar et la Princesse Cymoril s'approchèrent d'Elric qui, enfoncé dans son fauteuil, contemplait le lointain d'un regard plein d'amertume.

— Tout cela a été d'un cynisme sublime, dit Dyvim Tvar.

Cymoril dit à son tour :

— C'est tout ce qu'ils méritent.

— Oui, murmura Elric. C'est ce qu'aurait fait mon

père. C'est ce que Yyrkoon aurait fait si les rôles avaient été inversés. Je ne fais que respecter les traditions. Je ne prétends plus être mon seul maître. Je demeurerai ici jusqu'à ma mort, prisonnier du Trône de Rubis, à le servir comme Valharik prétendait le faire.

— Ne pourrais-tu pas plutôt les tuer tous les deux sur-le-champ ? demanda Cymoril. Tu sais que je ne plaide pas pour mon frère parce que c'est mon frère. Je le hais par-dessus tout. Mais cela pourrait t'être fatal, Elric, de mettre ton plan à exécution.

— Et après ? Que cela me soit fatal ! Puissé-je simplement perpétuer la tradition de mes ancêtres, sans plus, marionnette des fantasmes et des souvenirs qu'agitent des fils vieux de dix mille ans.

— Peut-être que si vous alliez dormir... suggéra Dyvim Tvar.

— Je crois que je resterai longtemps sans dormir après tout cela. Mais ton frère ne mourra pas, Cymoril. Lorsqu'il aura subi son châtiment, c'est-à-dire lorsqu'il aura mangé de la chair du capitaine Valharik, j'ai l'intention de l'envoyer en exil. Il ira seul dans les Jeunes Royaumes ; il n'aura pas le droit d'emporter ses grimoires. Il devra se débrouiller du mieux qu'il pourra au pays des barbares. Je crois que ce châtiment n'est pas trop sévère.

— Tu es même trop indulgent, dit Cymoril. Je te conseillerais de le tuer. Envoie des soldats tout de suite. Ne lui laisse pas le temps de tramer un autre complot.

— Ce n'est pas cela que je redoute, dit Elric en se levant d'un air las. Maintenant, j'aimerais que vous me laissiez seul pendant une heure ou deux, avant que le festin ne commence. Je dois réfléchir.

— Je vais retourner à ma tour pour me préparer, dit Cymoril. Elle embrassa doucement son front pâle. Il leva vers elle des yeux pleins d'amour et de tendresse. Il étendit le bras pour lui caresser les cheveux et la joue. N'oublie pas que je t'aime, Elric, dit-elle.

— Je vais vous escorter, lui dit Dyvim Tvar. Vous allez devoir choisir un nouveau capitaine pour votre garde. Puis-je vous demander de remplir ce rôle ?

— Je vous en saurai gré, Dyvim Tvar.

Ils prirent congé d'Elric, qui regardait toujours dans le vide. La main qu'il portait parfois à son pâle visage tremblait un peu et le tourment emplissait ses yeux mystérieux.

Plus tard, il se leva de son trône pour aller rejoindre ses appartements, escorté de ses gardes. Avançant lentement, tête baissée, il eut un moment d'hésitation devant la porte de la bibliothèque. Il allait instinctivement chercher le réconfort et l'oubli dans une certaine forme de connaissance, mais à ce moment précis il détestait ses parchemins et ses livres. Il leur reprochait alors ces problèmes ridicules de « morale » et de « justice » qu'ils lui imposaient. Il leur reprochait ces sentiments de culpabilité et de désespoir qu'ils lui infligeaient pour avoir décidé de se conduire comme devait se conduite un monarque melnibonéen. Finalement, il dépassa la porte de la bibliothèque et entra dans ses appartements. Mais même ses appartements ne lui convenaient plus. Ils n'avaient plus la somptuosité et le raffinement des alliances de formes et de couleurs qui étaient l'apanage de tous les Melnibonéens — à l'exception de son père. Il remédierait à tout cela le plus tôt possible. Il s'en remettrait aux fantômes qui l'habitaient. Il erra d'une pièce à l'autre pendant un moment, essayant de refouler cette voix intérieure qui lui recommandait la clémence à l'égard de Valharik et Yyrkoon — au moins leur exécution ou, mieux, leur exil. Mais il lui était impossible de revenir sur sa décision.

Il s'allongea sur une couche voisine d'une fenêtre qui donnait sur toute la cité. Des nuages turbulents tourmentaient toujours le ciel ; mais maintenant la lune brillait, œil jaune et morbide d'un inquiétant animal. Un œil qui semblait le regarder avec une ironie triomphante et goûter la défaite de sa conscience. Il enfouit sa tête dans ses bras.

Un peu plus tard, ses serviteurs vinrent lui annoncer que les courtisans étaient arrivés. Ils parèrent alors leur maître de la robe jaune de cérémonie et de la couronne à l'effigie du dragon. C'est une salve d'applaudissements qui l'accueillit, des applaudissements plus chaleureux qu'il n'en avait encore jamais reçus. Il salua à son tour et alla prendre place sur le Trône de Rubis, qui dominait les nombreuses tables de banquet. Une table fut installée devant lui avec deux sièges supplémentaires, car Dyvim Tvar et Cymoril seraient à ses côtés. Mais ni Dyvim Tvar, ni Cymoril, ni le renégat Valharik n'étaient encore là. Et Yyrkoon, où était-il ? Ils auraient dû être au milieu du hall, Valharik pendu à ses chaînes et Yyrkoon assis en dessous. Le Docteur Jest était là : il allumait le feu sur lequel il avait posé ses poêles à frire et aiguisait ses couteaux. Le hall tout entier résonnait des conversations animées des courtisans qui se préparaient aux réjouissances. Déjà les plats arrivaient, bien que personne n'eût le droit de manger avant l'Empereur.

Elric fit un signe au commandant de sa garde.

— La Princesse Cymoril ou le seigneur Dyvim Tvar sont-ils déjà arrivés ?

— Non, mon seigneur.

Cymoril était rarement en retard, et Dyvim Tvar ne l'était jamais. Elric fronça les sourcils. Peut-être n'avaient-ils pas envie de se divertir ?

— Et les prisonniers ?

— On est allé les chercher, mon seigneur.

Le Docteur Jest lança un regard interrogateur à Elric. Il attendait.

Puis Elric entendit un bruit dominant le murmure des conversations. Une sorte de gémissement qui semblait venir de toutes parts. Il inclina la tête et écouta attentivement.

Maintenant, les autres aussi entendaient. Ils se turent et tendirent l'oreille. Bientôt le silence se fit dans le hall. Le bruit augmentait.

Soudain les portes de la salle du trône s'ouvrirent et Dyvim Tvar apparut, haletant, sanglant, les vêtements en lambeaux et couvert de blessures. Et derrière lui, une nuée, un tourbillon de pourpres et de bleus. C'était cette forme nébuleuse qui poussait ce gémissement.

Elric se leva précipitamment de son trône et repoussa la table. Il descendit rapidement les marches à leur rencontre. La forme nébuleuse gémissante s'engouffra dans la salle du trône comme pour s'emparer de Dyvim Tvar.

Elric prit son ami dans ses bras.

— Dyvim Tvar ! Qu'est-ce que cela ?

Le visage de Dyvim Tvar était horrifié et ses lèvres semblaient paralysées par l'effroi. Il finit par dire :

— Tout cela émane de la sorcellerie d'Yyrkoon. Il a invoqué cette forme nébuleuse gémissante pour l'aider à s'enfuir. J'ai essayé de le poursuivre, mais la nuée m'a englouti et j'ai perdu connaissance. J'allais le chercher, ainsi que son complice, dans la tour, mais la sorcellerie avait déjà opéré.

» Il l'a emmenée avec lui, Elric. Il s'est enfui avec Cymoril, Valharik et une centaine de soldats qui lui sont restés fidèles.

— Il faut nous lancer à sa poursuite. Nous le capturerons bientôt !

— Vous ne pouvez rien faire contre la nuée. Ah ! La voilà !

Et elle commençait à les engloutir. Elric essaya de se débattre en agitant les bras, mais la forme resserra encore plus son étreinte. Ses longs gémissements envahirent les oreilles d'Elric, ses couleurs hideuses l'aveuglèrent. Il essaya de se dégager, mais en vain. Et maintenant des mots se faisaient plus distincts :

— Elric est faible. Elric est insensé. Elric doit mourir !

— Arrêtez ! cria-t-il. Il se heurta à un autre corps et tomba à genoux. Il se mit à ramper, tentant désespérément de s'échapper. Des visages prenaient forme maintenant au sein de la nuée, des visages terrifiants, plus terrifiants que tous ceux qu'il avait pu voir jusqu'alors, même dans ses cauchemars les plus horribles.

— Cymoril ! cria-t-il. Cymoril !

Et l'un des visages devint le visage de Cymoril : elle le regardait d'un air moqueur. Son visage se ridait de plus en plus. Puis il vit une couronne hideuse et un crâne en putréfaction. Il ferma les yeux mais l'image était toujours présente.

« Cymoril », murmuraient les voix. « Cymoril ».

Et Elric faiblissait à mesure que son désespoir grandissait. Il appela Dyvim Tvar mais pour toute réponse il entendit l'écho moqueur de son appel, tout comme lorsqu'il avait appelé Cymoril. La bouche et les yeux fermés, il essaya de nouveau de se libérer en rampant. Mais de longues heures passèrent avant que les gémissements deviennent une faible plainte, puis un léger murmure lointain. Il ouvrit les yeux pour voir la nuée disparaître. Il essaya alors de se redresser, mais ses jambes ne le soutenaient plus, et il s'effondra sur la première marche du Trône de Rubis. Une fois encore, il n'avait pas tenu compte de l'avertissement de Cymoril, pour le mettre en garde contre son frère, et une fois encore elle était en danger. La dernière pensée d'Elric fut :

— Je ne suis pas digne de vivre.

4

LE SEIGNEUR DU CHAOS

Dès qu'il se fut remis du coup qui lui avait fait perdre connaissance et des instants précieux, Elric fit appeler Dyvim Tvar. Il avait hâte d'entendre les dernières nouvelles. Mais Dyvim Tvar ne put rien lui apprendre de plus. Yyrkoon avait invoqué une aide surnaturelle pour se libérer et s'échapper.

— La magie a dû l'aider à quitter l'île, car il n'a pu prendre la fuite par la mer, dit Dyvim Tvar.

— Il faut alors organiser une expédition punitive contre lui, dit Elric. Envoyez mille détachements si c'est nécessaire. Envoyez tous les hommes de Melniboné. Essayez de réveiller les dragons. Armez les frégates dorées si cela s'impose, mais retrouvez Cymoril.

— Tout cela, je l'ai déjà fait, répondit Dyvim Tvar, mais je n'ai pas encore retrouvé Cymoril.

Un mois s'écoula, au cours duquel les soldats d'Imrryr à pied, à cheval, parcoururent les Jeunes Royaumes à la recherche des renégats.

— Je m'inquiétais plus de moi que de Cymoril et

j'appelais cela de la *moralité,* pensa l'albinos. C'était de l'amour-propre, mais pas de la conscience morale.

Un autre mois s'écoula, au cours duquel les Dragons d'Imrryr hantèrent les cieux, du nord au sud et du sud au nord. Ils parcoururent cimes, mers, forêts et plaines — semant involontairement la terreur dans maintes cités — sans découvrir pour autant le moindre signe d'Yyrkoon et de sa bande.

— Car, finalement, on ne juge quelqu'un que d'après ses actions, pensa Elric. J'ai considéré ce que j'avais fait et non pas ce que j'avais l'intention de faire ou ce que j'aurais aimé faire, et ce que j'ai fait a été insensé, destructeur, sans grand intérêt. Yyrkoon avait raison de me mépriser et c'est pour cela que je le haïssais tant.

Après quatre mois de voyage, les navires imrryriens jetèrent l'ancre dans des ports lointains et les marins demandèrent aux voyageurs et aux explorateurs qu'ils rencontraient s'ils n'avaient pas vu Yyrkoon ou entendu parler de lui. Mais la sorcellerie avait opéré et personne ne l'avait vu (ni ne se rappelait l'avoir vu).

— Je dois maintenant considérer ce que cachent ces réflexions, se dit Elric.

Les plus vaillants des soldats revinrent à Melniboné, l'air las, sans les nouvelles attendues. A mesure que leur foi et leur espoir s'amenuisaient, la détermination d'Elric grandissait. Il rassembla toutes ses forces, physiques et mentales. Il expérimenta de nouvelles drogues qui devaient accroître son énergie, et non pas renouveler une énergie qu'il ne partageait pas avec les autres. Il passa de longs moments dans la bibliothèque, bien que cette fois-ci il ne lût que certains grimoires, et les relût même maintes fois.

Ces grimoires étaient écrits dans la Langue Sacrée de Melniboné, l'ancienne langue magique grâce à laquelle les ancêtres d'Elric avaient pu communiquer avec les surnaturels qu'ils avaient invoqués. Elric était heureux de les comprendre, bien que ce qu'il lisait faillît plusieurs fois l'arrêter dans ses projets.

Et quand il eut trouvé tout ce qu'il cherchait — car il pouvait courir à la catastrophe en ne comprenant pas ou en comprenant mal la signification secrète des grimoires

— il s'abandonna au sommeil artificiel de la drogue trois nuits durant.

Puis il fut prêt. Il appela tous ses esclaves et serviteurs. Il posta des gardes devant ses portes, avec la consigne de ne laisser entrer personne, même en cas d'urgence. Il fit débarrasser une grande pièce de tous ses meubles, et se retrouva alors dans une salle vide, à l'exception d'un grimoire qu'il avait placé en son milieu et auprès duquel il s'assit pour se recueillir.

Au terme de plus de cinq heures de méditation, Elric prit un pinceau, une bouteille d'encre, et se mit à peindre sur les murs et le sol des symboles compliqués. Lorsqu'il eut terminé, il s'étendit sur le ventre au centre de la rune qu'il venait de peindre, une main sur son grimoire, l'autre — celle qui portait la pierre d'Actorios — étendue, avec la paume tournée vers le sol. C'était la pleine lune. Un rayon venait caresser les cheveux argentés d'Elric. Puis ce fut l'invocation.

Elric dépêcha son âme par le dédale de la logique, par-delà les plaines infinies des concepts, par-delà les cimes des symboles et l'univers des alternatives. Son âme voyageait toujours plus loin, avec pour seuls bagages les mots qui s'échappaient de ses lèvres frémissantes — des mots que peu de gens eussent compris, quoique la seule intonation de ces mots eût suffi à glacer le sang de quiconque aurait pu les entendre. Il essayait de rester immobile, mais son cœur bondissait. Et pendant tout ce temps quelques mots revenaient sans cesse, des mots, toujours les mêmes.

Un de ces mots était un nom. « Arioch. »

Arioch, le Dieu-Démon, des ancêtres d'Elric, le plus puissant des Seigneurs de l'Enfer, qui répondait aux noms de Seigneur des Epées, Seigneur des Ténèbres, Seigneur de l'Enfer d'En-Haut, entre autres.

— Arioch !

C'était Arioch que Yyrkoon avait invoqué pour demander au Seigneur du Chaos de jeter un maléfice sur Elric. C'est Arioch que Yyrkoon avait voulu invoquer pour accéder au Trône de Rubis. C'était Arioch le Gardien des Deux Epées Noires — les épées forgées par le surnaturel, douées d'une puissance infinie dont les empereurs de Melniboné avaient jadis usé.

— Arioch ! Je t'invoque !

Elric psalmodiait des runes parfois scandées, parfois saccadées. Son esprit avait atteint le niveau qu'habitait Arioch. Il était maintenant à la recherche d'Arioch lui-même.

— Arioch ! C'est Elric de Melniboné qui t'invoque !

Elric aperçut alors un œil qui le fixait. Puis cet œil s'en alla rejoindre un autre œil. Et deux yeux le fixèrent.

— Arioch ! Seigneur du Chaos ! Aide-moi !

Les deux yeux se fermèrent — et disparurent.

— Oh, Arioch ! Viens ! Viens ! Aide-moi, je serai ton serviteur !

Une silhouette non humaine se profila lentement, puis une tête noire, une tête sans visage regarda Elric. Et, derrière la tête, un halo pourpre.

Et la silhouette, puis la tête disparurent.

Epuisé, Elric regarda s'évanouir l'apparition. Son esprit redescendit de niveau en niveau. Ses lèvres ne chantaient plus les runes, elles n'invoquaient plus les noms. Il demeurait là, dans le silence de sa chambre, épuisé, incapable de faire un seul mouvement.

Il était persuadé d'avoir échoué.

Il perçut alors un faible bruit. Il releva péniblement la tête.

Un insecte s'était introduit dans la chambre. Il vrombissait ; il semblait presque suivre le dessin des runes qu'Elric avait peintes.

Il se posa sur une rune puis sur une autre.

Il a dû passer par la fenêtre, pensa Elric. Il était à la fois contrarié et enchanté de cette intrusion.

L'insecte vint ensuite se poser sur le front d'Elric. C'était un gros insecte noir qui vrombissait, d'un vrombissement horrible. Il se nettoya les pattes de devant. Il semblait trouver un certain intérêt à inspecter le visage d'Elric, qui frissonna, mais n'eut pas la force de chasser l'intrus. Il se contentait de l'observer lorsque celui-ci était dans son champ de vision. Lorsque l'insecte s'éloignait un peu, il sentait ses pattes sur son visage.

Puis l'insecte s'envola et fit entendre son vrombissement puissant au-dessus du nez d'Elric. C'est alors que l'albinos aperçut ses yeux, des yeux qui lui rappelaient quelque chose. C'était — et ce n'était pas — les yeux qu'il avait vus sur l'autre niveau.

Il commença à se rendre compte que cet insecte n'était pas un insecte ordinaire, qu'il avait certains traits presque humains.

L'insecte alors lui sourit.

Les lèvres d'Elric laissèrent, du plus profond de sa gorge desséchée, passer un murmure :

— Arioch ?

Et là où l'insecte avait volé apparut un garçon d'une beauté remarquable. Il parla, d'une belle voix — une voix douce, agréable, et pourtant masculine. Il était drapé dans une robe dont les plis glissaient comme un chapelet de pierres qui n'éblouissaient pas Elric, car elles ne brillaient pas. Il portait une fine épée à son ceinturon, et, en guise de heaume, un bandeau incandescent. Il avait des yeux spirituels, des yeux de vieillard ; mais lorsqu'on les regardait de plus près, ils avaient quelque chose de mauvais, ils reflétaient quelque ancienne et secrète méchanceté.

— Elric.

C'est tout ce que le garçon devait dire au début, mais ce seul mot raviva les forces de l'albinos, qui put alors se mettre à genoux.

— Elric.

Cette fois Elric se releva, plein d'énergie.

Le garçon était plus grand qu'Elric. Il regardait l'Empereur de Melniboné et souriait de la même façon que l'insecte avait souri.

— Toi seul peux servir Arioch. Il y a longtemps que j'étais invité sur ce niveau, mais maintenant que j'y suis, je vais t'aider, Elric. Je serai ton maître. Je te protégerai et je te donnerai de la force, bien que je sois le maître et toi l'esclave.

— Que dois-je faire pour te servir, Seigneur Arioch ? demanda Elric, s'efforçant désespérément de se maîtriser, malgré la terreur que lui avaient inspirée les paroles d'Arioch et ce qu'elles sous-entendaient.

— Tu me serviras en te servant d'abord toi-même. Plus tard je t'appellerai pour que tu me serves, de diverses façons, mais pour le moment je te demande seulement de faire serment de me servir.

Elric hésita.

— Tu dois prêter ce serment, dit Arioch calmement, sinon je ne peux t'aider pour ce qui concerne ton cousin Yyrkoon et sa sœur Cymoril.

— Je prête serment de te servir, dit Elric. Tout son corps s'enflamma, tremblant de joie, et il tomba à genoux.

— Maintenant, tu peux invoquer mon aide de temps à autre, et je viendrai si tu en as vraiment besoin. J'apparaîtrai sous la forme qui convient, ou sous aucune forme si c'est nécessaire. Et maintenant tu peux me poser la question que tu désires avant que je m'en aille.

— Je voudrais poser deux questions.

— Je ne peux répondre à ta première question. Je n'y répondrai pas. Tu dois accepter cela, maintenant que tu as juré de me servir. Je ne dirai pas ce que le futur te réserve. Mais tu n'as aucune crainte à avoir si tu me sers bien.

— Ma deuxième question est la suivante : où se trouve le Prince Yyrkoon ?

— Le Prince Yyrkoon est dans le Sud, chez les barbares. Par l'entremise de la sorcellerie, d'armes dotées d'une force extraordinaire et de son intelligence supérieure, il a réussi à conquérir deux petites nations, dont l'une s'appelle Oin et l'autre Yu, et s'apprête à marcher sur Melniboné, car il sait que tes hommes sont dispersés sur toute la terre à sa recherche.

— Comment a-t-il réussi à se cacher ?

— Il ne s'est pas caché. Mais il s'est emparé du Miroir des Souvenirs — un miroir magique dont il a découvert la cachette par l'entremise de la sorcellerie. Ceux qui regardent dans ce miroir oublient le passé. Ce miroir renferme ainsi des millions de souvenirs : les souvenirs de ceux qui s'y sont regardés. Et celui qui s'aventure dans le Oin et le Yu, ou qui jette l'ancre dans la capitale des deux pays, se retrouve face au miroir et oublie qu'il a vu le Prince Yyrkoon et ses Imrryriens. C'est le meilleur moyen de ne pas être découvert.

— En effet. Elric fronça les sourcils. Il faudrait donc envisager de détruire ce miroir. Mais qu'arriverait-il alors ?

Arioch leva sa belle main.

— Bien que j'aie répondu à plus d'une question — tu pourrais certes rétorquer que ces questions ne faisaient qu'une — je ne répondrai pas à cette dernière question. Tu aurais peut-être intérêt à détruire ce miroir, mais peut-être aussi ferais-tu mieux de trouver un moyen d'annihiler ses effets, car je te rappelle qu'il renferme de nombreux souvenirs, dont certains même depuis des milliers d'années. Je dois maintenant te quitter. Et toi, tu dois aller à Oin et à Yu, qui sont à plusieurs mois de route d'ici, quelque part vers le Sud, bien au-delà du Lormyr. Je te conseille d'y aller avec le « Navire des Terres et des Mers ». Bon voyage, Elric !

Un insecte sur le mur bourdonna un moment, puis disparut.

Elric sortit précipitamment de la pièce en appelant ses esclaves.

5

LE NAVIRE DES TERRES ET DES MERS

— Et combien y a-t-il encore de dragons qui dorment dans les cavernes ? demanda Elric en arpentant de long en large le balcon qui donnait sur la cité.

C'était le matin. Le soleil demeurait caché derrière les nuages sombres accrochés au-dessous des tours de la Cité qui Rêve. En bas, dans la rue, la vie quotidienne d'Imrryr continuait, à laquelle ne participait plus la majorité des soldats qui étaient partis à la recherche des fuyards et qui n'étaient pas encore revenus — et qui ne reviendraient d'ailleurs pas avant de longs mois.

Dyvim Tvar était accoudé au garde-fou du balcon et regardait dans la rue, le regard perdu dans le vague. Il avait les traits tirés, les bras croisés comme pour préserver ce qui lui restait de forces.

— Deux, peut-être. Ce serait très difficile de les réveiller, et même si l'on y parvenait, je doute qu'ils nous soient de quelque utilité. Quel est ce Navire des Terres et des Mers dont Arioch a parlé ?

— J'ai lu quelque chose à son sujet — dans le Grimoire d'Argent et dans d'autres livres. C'est un navire magique sur lequel est monté un héros melnibonéen, avant même l'apparition de Melniboné et son empire. Mais existe-t-il encore, et si oui, où se trouve-t-il ? Cela, je ne le sais pas.

— Et qui pourrait le savoir ? Dyvim Tvar se redressa et se tourna vers Elric.

— Arioch ? fit Elric sur un ton interrogateur, puis il haussa les épaules. Mais, de toute façon, il ne me le dira pas.

— Et vos amis les Elémentaires de l'Eau ? Ne vous ont-ils pas promis de vous aider ? Ne sauraient-ils pas quelque chose en matière de navires ?

Elric fronça les sourcils. Le sillon de ses rides se creusa.

— ... Oui. Straasha saurait peut-être. Mais j'hésite à invoquer son aide une nouvelle fois. Les Elémentaires de l'Eau ne sont pas aussi puissants que les Seigneurs du Chaos. Leur pouvoir est limité, et, qui plus est, ils sont plutôt capricieux, comme tous les Elémentaires. J'hésite aussi à user de sorcellerie, à moins que cela ne s'impose vraiment...

— Vous êtes un sorcier, Elric. Vous avez d'ailleurs largement prouvé vos dons dans ce domaine. Vous avez invoqué un Seigneur du Chaos — l'acte de sorcellerie le plus difficile — et vous hésitez encore ? Je vous conseille, mon seigneur, de passer outre à ces considérations. Vous avez décidé d'user de sorcellerie pour retrouver le Prince Yyrkoon. Le sort en est déjà jeté. Il serait sage d'en user maintenant.

— Vous ne pouvez vous rendre compte de l'effort mental et physique que cela me demande...

— Si, mon seigneur. Je suis votre ami. Je n'aime pas vous voir souffrir, et pourtant...

— Il y a aussi le problème de mes forces, Dyvim Tvar, rappela Elric à son ami. Combien de temps encore vais-je pouvoir absorber ces potions trop puissantes, qui pour le moment préservent mes forces? Elles me donnent de l'énergie, certes, mais elles épuisent aussi les quelques ressources de mon corps. Je risque de mourir avant même d'avoir retrouvé Cymoril.

— Je vous comprends.

Mais Elric s'avança et posa sa main blanche sur l'habit jaune de Dyvim Tvar.

— Qu'ai-je à perdre, en fait ? Non, vous avez raison. Je n'ai pas le droit d'hésiter lorsque c'est la vie de Cymoril qui est en jeu. Je suis en train de répéter l'erreur qui nous a tous menés là où nous sommes en ce moment. M'accompagnerez-vous ?

— Oui.

Et Dyvim Tvar commença à sentir peser sur lui aussi le fardeau qui pesait sur la conscience d'Elric. C'était un sentiment très étrange pour un Melnibonéen, et Dyvim Tvar se sentit mal à l'aise.

La dernière fois qu'Elric avait longé ces sentiers sur son coursier, c'était avec Cymoril, du temps où ils étaient heureux tous les deux. Il lui semblait qu'il y avait une éternité de cela. Il avait été insensé de croire en ce bonheur. Il dirigea son étalon blanc vers les falaises qui descendaient à la mer. Une légère pluie tombait. L'hiver s'installait peu à peu à Melniboné.

Ils laissèrent leurs chevaux sur les falaises, de crainte qu'ils ne soient effarouchés par les pratiques occultes d'Elric, et descendirent à pied jusqu'au rivage. Les gouttes de pluie se mêlaient aux flots de la mer. Une nappe de brume s'étirait au-dessus de l'eau. Il régnait un silence lugubre. Avec le haut mur sombre des falaises derrière, et la nappe de brume devant lui, Dyvim Tvar avait l'impression d'avoir sombré dans un enfer de silence où il ne tarderait pas à rencontrer les âmes mélancoliques de ces héros légendaires qui s'étaient donné la mort en se mutilant. Le bruit de leurs pas sur les galets était aussitôt happé par la brume qui semblait engloutir et avaler chaque son, comme si elle vivait par le son.

— Maintenant, murmura Elric, qui ne semblait nullement remarquer l'atmosphère lugubre et oppressante qui planait au-dessus d'eux. Maintenant, je dois me rappeler la rune que je me suis rappelée si facilement il y a plusieurs mois.

Il s'éloigna de Dyvim Tvar pour aller jusqu'au bord de l'eau et s'assit doucement, les jambes croisées. Son regard se perdit dans la brume.

Lorsque Dyvim Tvar vit l'albinos s'asseoir, il eut l'impression d'être en face d'un enfant faible et vulnérable. Il ressentit de la pitié pour un enfant qui se montre courageux, mais qui n'en est pas moins ému. Il voulut alors interrompre Elric dans son rituel afin de se rendre aux pays d'Oin et de Yu par des moyens ordinaires.

Mais Elric levait la tête comme un chien qui hurle à la lune. Et des mots étranges, des mots angoissants, s'échappaient de ses lèvres. Dyvim Tvar comprit alors que, même s'il voulait parler à Elric, celui-ci ne l'entendrait pas.

Dyvim Tvar connaissait la Langue Sacrée — noblesse oblige ! Les mots lui semblaient cependant étranges : Elric leur donnait en effet une intonation particulière, une signification secrète. Sa voix allait de la voix de basse à la voix de fausset. Dyvim Tvar n'aimait pas entendre de tels sons dans une gorge mortelle, et il comprit facilement pourquoi Elric répugnait à s'adonner à de telles pratiques. Le Seigneur des Cavernes des Dragons, bien que melnibonéen, était très tenté de reculer d'un pas ou deux, et même de battre en retraite jusque sur le haut de la falaise, d'où il pourrait observer Elric en toute sérénité, et il dut se forcer à rester là, tandis que l'invocation continuait.

L'incantation dura encore un certain temps. Les gouttes de pluie se faisaient de plus en plus grosses sur les galets, qui devenaient luisants ; elles se faisaient aussi de plus en plus lourdes sur la surface tranquille du sombre océan. Elles cinglaient le visage de l'albinos. Un frisson parcourut Dyvim Tvar, qui s'emmitoufla dans sa cape.

— Straasha. Straasha. Straasha...

Le bruit de la pluie vint se mêler à l'incantation. Ce n'étaient plus des mots, c'était le bruit du vent ou le bruit de la mer.

— Straasha !

Dyvim Tvar eut de nouveau envie de s'enfuir, mais cette fois-ci en rejoignant Elric pour lui dire d'arrêter, de trouver d'autres moyens pour atteindre l'Oin et le Yu.

— Straasha !

C'était un cri d'angoisse.

— Straasha !

Dyvim Tvar voulut appeler Elric, mais fut incapable de prononcer son nom.

— Straasha !

La silhouette d'Elric oscillait. Le vent dépêcha cet appel à travers les Cavernes du Temps.

— Straasha !

Dyvim Tvar comprit alors que, pour une raison ou pour une autre, le pouvoir magique de la rune n'avait pas opéré et qu'Elric était en train d'épuiser ses forces en vain. Et pourtant le Seigneur des Cavernes des Dragons ne pouvait rien faire. Sa langue était paralysée, ses pieds semblaient paralysés aussi, cloués au sol.

Il regarda la brume. Ne s'était-elle pas rapprochée du rivage ? N'avait-elle pas pris une teinte étrange, un étrange vert lumineux ? Il regarda alors plus attentivement.

Une vague gigantesque se forma et vint envahir la grève. Les galets se brisèrent. La brume s'estompa. De faibles lueurs envahirent le ciel, et Dyvim Tvar crut même voir une gigantesque silhouette luisante émergeant des flots. Elric ne chantait plus.

— Seigneur Straasha, disait Elric d'un ton presque normal, vous êtes venu. Je vous en remercie.

La silhouette se mit à parler d'une voix qui ressemblait au grondement des vagues sous un soleil resplendissant.

« *Les Elémentaires sont inquiets, Elric, car on dit que*

tu as invité les Seigneurs du Chaos à venir sur ton niveau, et les Elémentaires n'ont jamais aimé les Seigneurs du Chaos. Mais je sais que, si tu as fait cela, c'est que tu y étais contraint, et nous ne te gardons pas rancune. »

— J'ai été contraint de prendre cette décision, Seigneur Straasha. Je ne pouvais faire autrement. Si vous ne voulez pas m'aider, je comprendrai très bien et ne vous invoquerai plus.

« *Je t'aiderai, bien que ma tâche soit plus difficile maintenant, non pas à cause de ce qui va arriver dans l'immédiat, mais à cause de ce qui risque d'arriver dans les années à venir. Maintenant tu dois me dire comment les Elémentaires de l'Eau peuvent te venir en aide.* »

— Savez-vous quelque chose du Navire des Terres et des Mers ? Je dois trouver ce navire pour accomplir le vœu que j'ai fait de retrouver ma chère Cymoril.

« *Je connais bien ce navire car il m'appartient. Grome prétend que c'est le sien, mais c'est le mien. En vérité, c'est le mien.* »

— Grome de la Terre ?

« *Grome du Pays des Racines. Grome des Profondeurs de la Terre et de la Vie Souterraine. Mon frère Grome. Il y a longtemps de cela, Grome et moi avions construit ce navire pour voyager dans les Royaumes de la Terre et de la Mer, selon que nous voulions aller sur la terre ou sur la mer. Mais nous nous sommes querellés (maudits soyons-nous !) et nous nous sommes battus. Il y eut alors des séismes, des raz de marée, des éruptions volcaniques, des typhons. Tous les Elémentaires se joignirent à la bataille. D'anciens continents furent engloutis, de nouveaux émergèrent. Ce n'était pas la première fois que nous nous battions, mais ce devait être la dernière. Nous fîmes enfin la paix, de crainte de nous détruire entièrement. Je lui donnai une partie de mon royaume et lui me donna le Navire des Terres et des Mers. Mais il le fit à contrecœur. Ce navire est plus un navire pour la mer que pour la terre car Grome s'emploie à entraver sa course chaque fois qu'il le peut. Mais si ce navire peut t'être utile, je te le donne.* »

— Je vous remercie, Seigneur Straasha. Où est-il ?

« *Je te l'enverrai. Et maintenant je suis las, car plus je m'éloigne de mon royaume, plus il m'est difficile de garder ma force de mortel. Bon voyage, Elric, et sois prudent. Tu es doué d'une force plus grande que tu ne le crois, et il y a beaucoup de gens qui pourraient user de cette force pour leur propre compte.* »

— Dois-je attendre le Navire des Terres et des Mers ici ?

« *Non...* » La voix du Seigneur de la Mer se voilait, sa silhouette s'estompait. La brume était de nouveau là où étaient apparues la silhouette et les lueurs vertes. La mer était de nouveau calme. « *Attends. Attends dans ta tour... il va venir...* »

Quelques petites vagues vinrent encore se briser sur la grève, puis ce fut comme si le Roi des Elémentaires de l'Eau n'était jamais passé par là. Dyvim Tvar se frotta les yeux. Il se dirigea lentement vers Elric. Il se pencha et tendit la main à l'albinos. Elric leva les yeux, quelque peu surpris.

— Ah, Dyvim Tvar ! Combien de temps cela a-t-il duré ?

— Quelques heures, Elric. Il fera bientôt nuit. Le crépuscule tombe. Nous devons rentrer à Imrryr.

Elric se releva péniblement avec l'aide de Dyvim Tvar.

— Oui, murmura-t-il, l'air absent. Le Seigneur de la Mer a dit que...

— J'ai entendu, Elric. J'ai entendu son conseil et sa mise en garde. Vous devez tenir compte des deux. Ce navire magique ne m'inspire pas tellement confiance. Comme tout ce qui émane de la sorcellerie, le navire semble avoir ses qualités et ses défauts : c'est une arme à double tranchant, que vous tirez pour porter un coup à votre ennemi et qui se retourne contre vous...

— C'est le propre de la sorcellerie. C'est vous qui m'avez poussé à me faire l'exécutant de cet art occulte, mon ami.

— Oui, répondit Dyvim Tvar à voix basse.

Il passa devant Elric et tous deux remontèrent le sentier de la falaise pour aller retrouver leurs chevaux.

» Oui. Je n'ai pas oublié, mon seigneur.

Elric sourit d'un air triste et effleura le bras de Dyvim Tvar.

— Ne vous inquiétez pas. Tout cela est fini et nous aurons le navire dont nous avons besoin pour retrouver le Prince Yyrkoon aux pays d'Oin et de Yu.

— Espérons-le.

Au fond de lui-même, Dyvim Tvar était sceptique quant à l'aide que le Navire des Terres et des Mers allait pouvoir leur apporter. Ils arrivèrent près des chevaux. Dyvim Tvar se mit à essuyer les flancs de son rouan.

» Je regrette d'avoir encore une fois réveillé les dragons pour une expédition inutile. Ils nous seraient maintenant très utiles pour capturer le Prince Yyrkoon. Quelle joie, mon ami, ce serait aussi de sillonner les cieux côte à côte, comme nous le faisions jadis !

— Quand tout cela sera terminé et que nous aurons ramené la princesse à Melniboné, nous le ferons, dit Elric, enfourchant son étalon blanc. Vous sonnerez le Cor des Dragons. Nos frères dragons l'entendront et nous entonnerons le Chant des Seigneurs-Dragons. Nos traits étincelants pointeront le Porteur de Flammes et son chat. Et ce sera comme aux jours de l'antique Melniboné, lorsque liberté et puissance étaient deux choses distinctes. Mais n'importunons pas les Jeunes Royaumes et veillons de notre côté à ce qu'ils ne nous importunent pas !

Dyvim Tvar tira sur la bride de son cheval. Son visage était sombre.

— Prions pour que ce jour arrive, mon seigneur. Mais je ne peux repousser cette pensée insolente que les jours d'Imrryr sont comptés et que mes propres jours arrivent à leur terme...

— C'est insensé, Dyvim Tvar. Vous vivrez plus longtemps que moi, cela ne fait guère de doute, bien que vous soyez mon aîné.

Ils galopaient dans le crépuscule. Dyvim Tvar dit :

— J'ai deux fils. Le saviez-vous ?

— Vous ne m'en avez jamais parlé.

— Je les ai confiés à d'anciennes maîtresses.

— Je suis heureux pour vous.

— Ce sont des Melnibonéens dignes de ce nom.

— Pourquoi me parlez-vous d'eux, Dyvim Tvar ? demanda Elric en essayant de lire sur le visage de son ami.

— Parce que je les aime et que j'aimerais qu'ils jouissent des plaisirs de l'Ile aux Dragons.

— Et pourquoi ne jouiraient-ils pas des plaisirs de Melniboné ?

— Je ne sais pas. Dyvim Tvar fixa Elric. Je vous tiens pour responsable du destin de mes fils, Elric.

— Moi ?

— Je crois, d'après ce qu'ont dit les Elémentaires de l'Eau, que vous seul décidez du destin de l'Ile aux Dragons. Je vous demande de vous souvenir de mes fils, Elric.

— Je penserai à eux, Dyvim Tvar. Je suis sûr qu'ils deviendront de superbes Seigneurs-Dragons et que l'un d'eux assurera la succession du Seigneur des Cavernes des Dragons.

— Je crois que vous ne m'avez pas compris, mon seigneur.

Elric regarda son ami d'un air grave en hochant la tête.

— Je vous ai compris, mon vieil ami. Mais c'est me juger bien sévèrement que de me croire capable de menacer l'existence même de Melniboné et de tout ce que ce nom représente.

— Pardonnez-moi, dit Dyvim Tvar en baissant la tête ; mais son visage conserva la même expression.

En arrivant à Imrryr, ils se changèrent. On leur servit ensuite du vin chaud et des plats épicés. Malgré la fatigue, Elric était gai comme il ne l'avait pas été depuis des mois. Il semblait toutefois se forcer à cette gaieté. Les choses allaient mieux, certes, et ils retrouveraient bientôt le Prince Yyrkoon. Mais ils ignoraient tout des dangers qui pouvaient les attendre, et ceux-ci n'étaient certainement pas des moindres. Par égard pour son ami, Dyvim Tvar ne voulait pas jouer les trouble-fête. Il était heureux, en fait, de voir Elric de cette humeur. Ils parlèrent des préparatifs de l'expédition aux pays mystérieux de Yu et de Oin, ils se livrèrent à des conjectures sur les possibilités du Navire des Terres et des Mers — le nombre d'hommes qu'ils pourraient emmener à bord, les vivres qu'ils allaient emporter...

Lorsque Elric alla se coucher, il n'avait plus cette démarche lasse. En lui souhaitant bonne nuit, Dyvim Tvar eut cette même sensation que lorsqu'il regardait Elric effectuer son incantation sur la grève de la plage. Ce n'était peut-être pas par hasard qu'il avait parlé de ses fils à Elric ; il éprouvait à l'égard d'Elric comme un sentiment de bienveillante compassion, comme s'il l'avait su à la recherche d'un plaisir qui risquait de ne pas lui procurer toute la joie qu'il en attendait.

Dyvim Tvar essaya de dissiper toutes ces pensées et rejoignit sa chambre. Elric se considérait certainement responsable de ce qu'avait fait Yyrkoon et de ce qui était arrivé à Cymoril, mais Dyvim Tvar se demandait s'il n'y était pas également pour quelque chose. Peut-être aurait-il dû se montrer plus convaincant, plus impératif, en donnant son avis, en essayant aussi d'influencer davantage le jeune Empereur. Puis il chassa de son esprit ces doutes et ces questions inutiles, selon la philosophie de Melniboné. Dyvim Tvar se demanda soudain si Elric ne souffrait pas de régression plutôt que de déficience du sang. Elric ne pouvait-il pas être la réincarnation de l'un de leurs ancêtres parmi les plus lointains ? N'était-ce pas le propre des Melnibonéens de ne penser qu'à soi-même et à son plaisir ?

Et Dyvim Tvar chassa de nouveau toutes ces pensées de son esprit. A quoi bon d'ailleurs s'interroger ? Les choses étaient ce qu'elles étaient. Les hommes également. Avant de se coucher, il alla voir ses fils, Dyvim Slorm et Dyvim Mav. Lorsque ceux-ci arrivèrent, les yeux bouffis de sommeil, l'air surpris, il les observa un long moment puis les renvoya. Il ne leur avait rien dit, ni à l'un ni à l'autre, mais il fronça les sourcils, hocha la tête, se frotta le visage à plusieurs reprises et, lorsqu'ils furent partis, déclara à Niopal et Seramal, ses maîtresses, qui avaient l'air aussi décontenancé que ses rejetons :

— Faites-les conduire aux Cavernes des Dragons demain. Ils commenceront leur apprentissage.

— Si jeunes ? demanda Niopal.

— Oui. Je crains qu'il ne nous reste que bien peu de temps à vivre.

Il ne s'étendit pas plus sur la question parce qu'il ne le pouvait pas. C'était un simple pressentiment. Un pressentiment qui était presque devenu une obsession chez lui.

Le lendemain matin, Dyvim Tvar retourna à la tour d'Elric. Il devait y trouver l'Empereur, arpentant la galerie, qui attendait avec impatience que ses hommes lui signalent un navire au large des côtes de l'île. Mais personne n'avait aperçu ce navire. Les serviteurs demandèrent à leur maître de le leur décrire afin de faciliter leurs recherches, mais celui-ci en fut incapable. Il put seulement leur dire qu'ils risquaient de le voir non pas sur la mer, mais sur la terre. Il avait revêtu son habit de guerre noir, et Dyvim Tvar comprit qu'il avait absorbé plus de potion encore, afin de renouveler son sang. Ses yeux pourpres étaient brillants, sa parole rapide, ses mains vives, d'une vivacité surnaturelle, même lorsqu'il faisait le plus petit geste.

— Comment allez-vous ce matin, mon seigneur? demanda le Seigneur des Dragons.

— En excellente forme, merci, Dyvim Tvar, répondit Elric dans un large sourire. Je serais en plus grande forme encore si le Navire des Terres et des Mers apparaissait maintenant. Il s'approcha de la balustrade et s'y accouda. Son regard se porta alors au-delà des tours et des murs de la cité, pour scruter la mer, puis la terre. Où peut-il bien être? Je regrette que le Seigneur Straasha n'ait pu être plus explicite.

— Je suis d'accord avec vous. Dyvim Tvar, qui n'avait pas pris son petit déjeuner, goûta aux plats succulents disposés sur la table. Il était évident qu'Elric n'avait rien mangé.

Dyvim Tvar commença à se demander si les potions n'avaient pas agi sur l'état mental de son vieil ami. Peut-être Elric devenait-il victime d'une folie provoquée par ses pratiques occultes, son inquiétude pour Cymoril et sa haine pour Yyrkoon.

— Ne feriez-vous pas mieux de vous reposer en

attendant l'arrivée du navire ? suggéra-t-il à Elric en s'essuyant la bouche.

— Voilà qui serait raisonnable, dit Elric. Mais je ne peux pas. Je suis trop impatient d'appareiller, Dyvim Tvar, d'affronter Yyrkoon, de me venger de lui et de retrouver Cymoril.

— Je comprends. Mais...

Elric se mit à rire, d'un gros rire convulsif.

— Vous vous inquiétez pour moi comme le fait Sacdos. Je n'ai pas besoin de deux gouvernantes, Seigneur des Cavernes des Dragons.

Dyvim Tvar s'efforça de sourire.

— Vous avez raison, Elric. Je prie pour que ce vaisseau magique... Qu'est-ce ?... demanda-t-il alors en désignant un point de l'autre côté de l'île. Quelque chose a bougé dans la forêt là-bas. Comme s'il y avait eu un coup de vent ; mais il n'y a pas de vent.

Elric suivit le regard de Dyvim Tvar.

— Vous avez raison. Je me demande...

Et puis ils virent quelque chose émerger de la forêt. La terre semblait se rider. C'était une chose brillante, blanche, bleue et noire. La chose se rapprochait.

— Une voile, dit Dyvim Tvar. Je pense que c'est votre navire, mon seigneur.

— Oui, murmura Elric en tendant le cou. Mon navire ! Allez vous préparer, Dyvim Tvar. Nous appareillons à midi.

6

LES VOLONTÉS DU SEIGNEUR DE LA TERRE

C'était un grand navire à la coque effilée. Son bastingage, sa mâture et son pavois finement sculptés n'étaient pas l'œuvre d'un simple mortel. Sa coque était en bois, un bois naturel aux reflets bleus, noirs, verts et rouges. Son gréement avait la couleur des algues. Des nervures sillonnaient le bordé du pont, pareilles à des racines d'arbre. Ses grandes voiles blanches étaient aussi légères que les nuages d'une belle journée d'été. Tout ce que la nature avait inventé de plus beau se trouvait rassemblé sur ce navire. Rares étaient ceux qui le regardaient sans admirer sa beauté, comme on admire un beau paysage. En un mot, c'était la perfection même des formes et des couleurs, et Elric ne pouvait imaginer plus beau navire pour affronter le Prince Yyrkoon et les dangers des pays d'Oin et de Yu.

Le vaisseau évoluait lentement sur la terre comme sur un fleuve et creusait des sillons à la surface du sol comme à la surface de l'eau. Partout où la quille touchait le fond, ces rides se creusaient puis disparaissaient. C'est ainsi que le feuillage des arbres avait ondoyé alors que le navire, qui avait mis le cap sur Imrryr, se frayait un passage à travers la forêt.

Le Navire des Terres et des Mers n'était pas particulièrement grand. Il était même beaucoup plus petit qu'une frégate melnibonéenne et juste un peu plus grand qu'une galère des contrées du Sud. Mais pour la beauté, la ligne et la majesté, il était sans égal.

Les passerelles étaient déjà abaissées et les hommes s'affairaient aux préparatifs du voyage. Les mains sur ses étroites hanches, Elric contemplait le présent du Seigneur Straasha. Des esclaves arrivaient par les portes du mur de la cité, chargés de vivres et d'armes qu'ils portaient à bord. Pendant ce temps, Dyvim Tvar rassemblait les guerriers d'Imrryr et assignait à chacun la tâche et la fonction qu'il devrait remplir au cours de cette expédition. Ils n'étaient guère nombreux : la moitié des hommes seulement pouvait participer à cette expédition ; l'autre moitié en effet devait rester à Imrryr, sous le haut commandement de l'Amiral Magum Colim, pour protéger la cité. Une attaque était peu probable après la défaite qu'avait essuyée la flotte des barbares, mais il était plus prudent de prendre des précautions, surtout depuis que le Prince Yyrkoon avait juré de conquérir Imrryr. Aussi, pour des raisons que nul ne put deviner, Dyvim Tvar avait-il fait appel à des volontaires — des vétérans qui étaient tous invalides —

et formé un détachement spécial avec ces hommes qui, apparemment, ne pouvaient cependant être d'aucune utilité sur le navire. De toute façon, ils ne pouvaient pas non plus défendre la cité ; aussi pouvaient-ils très bien la quitter. Ces vétérans montèrent les premiers à bord et Elric franchit le dernier la passerelle. Il montait d'un pas lent et posé et arriva sur le pont, silhouette altière dans son armure noire. Il se retourna, salua sa cité et donna l'ordre de relever la passerelle.

Dyvim Tvar l'attendait sur la poupe. Le Seigneur des Cavernes des Dragons avait retiré un de ses crispins et passait sa main nue sur le bois étrange du bastingage.

— Ce n'est pas un navire de guerre, Elric, dit-il. Je n'aimerais pas qu'il soit endommagé.

— Comment pourrait-il être endommagé ? demanda Elric sur un ton désinvolte alors que les Imrryriens commençaient à monter dans la mâture pour hisser les voiles. Straasha laisserait-il l'ennemi le détruire ? Grome le ferait-il ? Ne vous inquiétez pas pour le Navire des Terres et des Mers, Dyvim Tvar. Inquiétez-vous seulement de notre sécurité et du succès de notre expédition. Maintenant, consultons les cartes. Straasha m'a mis en garde contre son frère Grome. Je proposerais donc que nous empruntions une route maritime le plus longtemps possible, et que nous fassions escale ici... il indiqua un port de la côte ouest du Lormyr, pour faire nos relèvements et prendre tous les renseignements possibles sur les pays d'Oin et de Yu et sur leur potentiel militaire.

— Rares sont ceux qui se sont aventurés au-delà de Lormyr. On dit que les confins du monde se trouvent non loin de l'extrémité sud du pays. Dyvim Tvar fronça les sourcils. Cette expédition n'est-elle pas un piège que l'on nous aurait tendu ? Je me le demande. Un piège que nous aurait tendu Arioch ? Et si celui-ci était de connivence avec le Prince Yyrkoon ? Si nous avions entrepris une expédition qui ne peut que nous conduire à la mort ?

— J'y ai pensé, dit Elric. Mais nous n'avons pas le choix. Nous devons nous fier à Arioch.

— Je le crois aussi, fit Dyvim Tvar avec un sourire

ironique. Mais autre chose me vient à l'esprit. Comment allons-nous appareiller ? Je n'ai pas vu d'ancre et, pour autant que je sache, il n'y a pas de marée dans ce pays. Le vent gonfle les voiles. Regardez.

C'était exact. Les voiles claquaient au vent et les mâts craquaient légèrement.

Elric haussa les épaules.

— Je suppose que nous devons le demander au navire, dit-il. Navire, nous sommes prêts à prendre le large.

Elric sourit en voyant la surprise de Dyvim Tvar lorsque le navire fit une embardée. Il avançait doucement, comme par mer calme, et Dyvim Tvar agrippa le garde-fou en criant ;

— Mais nous allons tout droit sur le mur de la cité !

Elric se précipita vers le milieu du pont avant où se trouvait un grand levier, attaché horizontalement à un taquet, lequel était lui-même fixé à un pivot. C'était sûrement le gouvernail. Elric saisit le levier comme l'on saisit une rame et le déplaça d'un cran ou deux. La réaction fut immédiate : le navire mit le cap sur une autre partie du mur ! Elric actionna de nouveau le levier et le navire s'inclina, en gémissant un peu à chaque embardée qui l'éloignait de l'île. Elric se mit à rire, d'un rire gai.

— Vous voyez, Dyvim Tvar, ce n'était pas difficile. Il suffisait de faire un petit effort de logique !

— Il n'empêche, dit Dyvim Tvar d'un ton de suspicion, que je préférerais chevaucher un dragon. Eux sont des animaux, au moins, et je comprends les animaux. Mais la sorcellerie me laisse coi.

— Ce ne sont pas là des paroles dignes d'un noble Melnibonéen ! cria Elric pour dominer le bruit du vent dans le gréement, les craquements de la membrure, le claquement des grandes voiles blanches.

— Peut-être non, dit Dyvim Tvar. Peut-être cela explique-t-il pourquoi je suis à vos côtés, sur ce navire, à cette heure-ci, mon seigneur.

Elric lança un regard surpris à son ami avant de descendre pour trouver un timonier à qui confier la barre.

Le navire filait à travers les rochers, les landes, les forêts et les plaines verdoyantes, pareil au faucon à l'affût de sa proie, qui rase le sol à une vitesse incroyable et modifie sa trajectoire d'un coup d'aile imperceptible. Tous les soldats étaient sur les ponts, suffoquant de surprise à voir le navire avancer sur la terre, et Elric dut en rappeler un grand nombre à leur poste. Seul le maître de l'équipage, un soldat gigantesque, ne semblait nullement surpris par les prouesses du navire. Il se comportait comme il se fût comporté sur une frégate dorée, vaquant à ses affaires et veillant à ce que tout se passe bien à bord. Le soldat qu'Elric avait placé au poste de timonier, par contre, avait l'air ahuri et effrayé. Il semblait s'attendre à ce que le navire s'échoue à tout moment sur un rocher ou se brise en deux contre un gros pin. Il se mordait les lèvres et s'épongeait le front, bien que l'air fût vif. C'était néanmoins un bon timonier, et il s'habitua peu à peu à gouverner le navire. Ses gestes étaient par nécessité plus rapides, car il n'avait guère le temps de réfléchir à bord d'un navire qui filait sur la terre à cette vitesse. Ils allaient plus vite qu'un cheval, plus vite même que les dragons chers à Dyvim Tvar. C'était aussi une allure qui vous mettait la joie au cœur, à en juger l'expression des Imrryriens.

Le rire d'Elric s'entendait sur le navire tout entier, et il devait bientôt gagner une grande partie de l'équipage.

— Eh bien, si Grome du Pays des Racines s'emploie effectivement à entraver notre course, je me demande à quelle vitesse nous irons sur la mer ! cria-t-il à Dyvim Tvar.

Celui-ci avait retrouvé un peu de sa bonne humeur. Ses beaux cheveux longs flottaient autour de son visage. Il sourit à son ami.

— Oui... nous passerons tous par-dessus bord !

Puis, comme pour leur répondre, le navire se mit soudain à rouler et à tanguer, comme s'il eût été pris dans des courants contraires. Le timonier blêmit et s'agrippa à son levier pour tenter de le maîtriser. Un hurlement de terreur retentit, un marin tomba de la vergue du grand mât et vint s'écraser sur le pont. Le navire tangua encore une ou deux fois, puis tout redevint calme et ils poursuivirent leur route.

Elric contempla le corps du marin. Toute sa gaieté disparut, et il agrippa le garde-fou de ses mains aux crispins noirs. Ses dents grincèrent, ses yeux s'enflammèrent, ses lèvres se tordirent de dépit.

— Quel idiot ! Quel idiot je suis de tenter ainsi les dieux !

Le navire avançait encore presque aussi vite, mais quelque chose semblait le retenir, comme si les favoris de Grome se fussent accrochés à la coque, de la même façon que les anatifes se fixent sur les objets flottant dans la mer. Elric sentit quelque chose dans l'air, quelque chose dans le bruissement du feuillage des arbres à travers lesquels ils passaient, quelque chose dans l'ondulation des herbes, des buissons et des fleurs au-dessous d'eux, quelque chose dans la masse des rochers, quelque chose dans le sommet des collines. Et il savait que ce quelque chose était la présence de Grome de la Terre. Grome du Pays des Racines, Grome qui désirait ce que son frère Straasha et lui avaient jadis possédé, ce qui était le symbole de leur entente, ce qui était devenu le symbole de leur désaccord. Grome voulait reprendre le Navire des Terres et des Mers. Et, regardant la terre noire au-dessous de lui, Elric prit peur.

7

LE SEIGNEUR GROME

La terre s'acharnait toujours sur la carène du navire. Ils finirent cependant par atteindre le rivage puis le large, filant toujours plus vite. Les falaises de Melniboné devaient bientôt disparaître derrière eux pour céder la place à la brume éternelle de la Mer Bouillante. Elric jugea imprudent de s'aventurer avec ce navire, aussi magique fût-il, sur ces eaux tumultueuses. Il mit alors le cap sur la côte de Lormyr, la plus sereine des nations des Jeunes Royaumes, et le port de Ramasaz, sur la côte ouest de Lormyr. Si les barbares avec lesquels ils avaient récemment eu maille à partir avaient été du Lormyr, Elric eût alors choisi une autre route, mais ces barbares étaient très certainement venus du Sud-Est, de l'autre côté du continent, au-delà du Pikarayd. Les Lormyriens, gouvernés par leur Roi Fadan, par sa corpulence et sa prudence, n'allaient certainement pas se lancer dans une attaque contre le Navire des Terres et des Mers si la victoire n'était pas assurée. Lorsqu'ils entrèrent dans le port de Ramasaz, Elric donna l'ordre d'amarrer le navire, selon les conventions, comme un navire ordinaire. Il attira néanmoins par sa beauté l'attention des habitants du port, qui furent étonnés de voir des Melnibonéens à son bord. On n'aimait guère les Melnibonéens dans les Jeunes Royaumes, mais on les redoutait. On traita donc Elric et ses hommes avec respect, en apparence du moins, et, dans les auberges où ils descendirent, on leur servit de la nourriture et du vin relativement bons.

Dans la plus grande auberge du front de mer « L'Aller et Retour », Elric trouva un tenancier fort bavard, qui lui raconta qu'avant d'acheter son auberge il avait été pêcheur et qu'il connaissait bien les rivages du Grand Sud. Il connaissait les pays d'Oin et de Yu, assurément, mais ne les appréciait pas du tout.

— On a toujours l'impression qu'ils sont sur le pied de guerre, mon seigneur. Il leva les yeux vers Elric avant de disparaître dans son verre de vin. Puis, s'essuyant la bouche, il hocha la tête. Ils doivent être en guerre contre les moineaux. L'Oin et le Yu ne sont même pas des nations. Leur seule cité digne de ce nom, ou presque, est Dhoz-Kam, qu'ils se partagent : une moitié de la cité se trouve sur une rive de l'Ar, l'autre moitié sur la rive opposée. Le reste de ces pays est habité par des paysans si incultes et si superstitieux qu'ils sont réduits à la misère. Il n'y a pas un seul soldat parmi eux.

— N'avez-vous pas entendu parler d'un renégat melnibonéen qui aurait conquis l'Oin et le Yu et entrepris de former ses paysans aux choses de la guerre ? demanda Dyvim Tvar accoudé au bar, à côté d'Elric. Il buvait à petites gorgées son vin d'un air de dégoût. Et ce rénégat répond au nom d'Yyrkoon.

— Est-ce lui que vous cherchez ? L'aubergiste parut alors intéressé. Une querelle entre les Princes Dragons ?

— Cela ne regarde que nous, dit Elric avec hauteur.

— Naturellement.

— Vous ne savez rien au sujet d'un grand miroir qui dérobe les souvenirs des hommes ? demanda Dyvim Tvar.

— Un miroir magique ! L'aubergiste renversa la tête en arrière et partit à rire, d'un rire énorme.

» Je doute qu'il y ait un seul miroir digne de ce nom dans tout l'Oin et le Yu ! Non, mon seigneur, je crois que vous n'avez aucune crainte à avoir de ce côté !

— Vous avez sans doute raison, dit Elric en regardant son verre de vin, auquel il n'avait pas touché. Mais il serait sage de vérifier par nous-mêmes, et il serait aussi de l'intérêt du Lormyr que nous trouvions ce que nous cherchons et que nous vous prévenions.

— Ne vous inquiétez pas pour le Lormyr. Nous pouvons parer toute attaque — si insensée soit-elle de leur part. Mais si vous voulez aller voir par vous-même, vous devrez longer la côte trois jours durant. Vous arriverez alors dans une grande baie où se jette le fleuve Ar. Sur ses rives se trouve Dhoz-Kam, une espèce de cité minable, surtout lorsque vous savez que c'est la capitale de ces deux pays. Ses habitants sont dépravés, sales, malsains, mais heureusement paresseux aussi. Ils ne sont donc pas dangereux, surtout si vous avez une épée. Lorsque vous aurez passé une heure à Dhoz-Kam, vous comprendrez alors que ces gens ne peuvent menacer personne, à moins qu'ils ne s'approchent trop près de vous et qu'ils vous communiquent leurs nombreuses maladies !

L'aubergiste rit de nouveau à gorge déployée de sa plaisanterie. Lorsqu'il eut retrouvé son sérieux, il ajouta :

» A moins que vous ne redoutiez leur flotte. Elle se compose d'une douzaine de bateaux de pêche minables, qui pour la plupart sont en si mauvais état qu'ils ne s'aventurent jamais plus loin que les hauts-fonds de l'estuaire.

Elric repoussa son verre de vin.

— Nous vous remercions.

Il laissa une pièce d'argent de Melniboné sur le comptoir.

— Cela va être difficile, pour vous rendre la monnaie, dit l'aubergiste artificieusement.

— Inutile de chercher, répondit Elric.

— Merci ! Ne voulez-vous pas passer la nuit ici ? Je vous offrirai les plus belles chambres de Ramasaz.

— Non, je ne pense pas, dit Elric. Nous dormirons à bord afin d'appareiller à l'aube.

L'aubergiste regarda partir les Melnibonéens. Il mit instinctivement la pièce dans sa bouche, puis, croyant détecter un goût bizarre, la retira aussitôt. Il scruta la pièce, la retournant d'un côté puis de l'autre. L'argent de Melniboné pouvait-il empoisonner un simple mortel ? Il valait mieux ne pas prendre de risque. Il fourra la pièce dans sa bourse et ramassa les verres que ses hôtes avaient laissés. Il n'aimait pas gaspiller la marchandise, mais il jugea plus sage de jeter le vin de crainte qu'il ne soit contaminé.

Le Navire des Terres et des Mers atteignit la baie le lendemain à midi. Il se rapprochait maintenant du rivage, dissimulé par un petit isthme à la luxuriante végétation tropicale. Elric et Dyvim Tvar avançaient lentement dans l'eau limpide des hauts-fonds. Ils arrivèrent sur la plage et pénétrèrent dans la forêt. Ils avaient décidé d'user de prudence et de discrétion, avant d'avoir vérifié l'exactitude du récit de l'aubergiste. Vers la pointe de l'isthme se dressait une colline relativement élevée, sur laquelle poussaient plusieurs arbres. Elric et Dyvim Tvar se frayèrent à coups d'épée un chemin parmi les broussailles et arrivèrent au pied des arbres. Elric repéra celui qui présentait le moins de difficulté pour y grimper : un arbre dont le tronc s'abaissait pour se redresser ensuite. Il rengaina son épée puis se hissa sur le tronc, sur lequel il marcha avant d'arriver à des branches assez solides pour le porter.

Pendant ce temps, Dyvim Tvar grimpait à un autre arbre, non loin de là. Ils finirent par découvrir toute la baie et la cité. Dhoz-Kam correspondait bien à la description qu'en avait faite l'aubergiste : des maisons basses, crasseuses et, de toute évidence, misérables. C'était sans doute pour cette raison qu'Yyrkoon avait choisi cet endroit. Il n'avait dû rencontrer aucune difficulté à conquérir les pays d'Oin et de Yu avec l'aide de quelques Imrryriens bien entraînés et de ses alliés sorciers. Personne n'aurait songé à conquérir un pays où la richesse était inconnue et qui n'occupait pas une position stratégique. Si Yyrkoon tenait à ne pas être découvert, il avait bien choisi sa cachette. Mais l'aubergiste s'était trompé pour ce qui était de la flotte de Dhoz-Kam. Même de l'endroit où ils étaient, Elric et Dyvim Tvar pouvaient compter au moins trente gros navires de guerre dans le port, et il semblait y en avoir d'autres mouillés en amont du fleuve. Ils étaient cependant moins intéressés par ces navires que par la chose étincelant au-dessus de la cité — une chose montée sur d'énormes piliers soutenant un axe qui portait un immense miroir rond. Par sa forme même, ce miroir était aussi peu l'œuvre d'un simple mortel que le navire à bord duquel les Melnibonéens étaient arrivés là. C'était le Miroir des Souvenirs, sans aucun doute. Ceux qui avaient mouillé dans ce port avaient dû perdre tout souvenir de ce qu'ils y avaient vu.

— Je crois, mon seigneur, commença Dyvim Tvar du haut de son perchoir, qu'il serait imprudent d'entrer directement dans le port de Dhoz-Kam. En fait, ce pourrait même être dangereux d'entrer dans la baie. Je pense que nous voyons le miroir simplement parce qu'il n'est pas dirigé vers nous. Mais vous remarquerez qu'il y a un système de rotation qui permet de le tourner dans toutes les directions, sauf une : la direction du continent, au-delà de la cité. Cela se conçoit très bien, car qui aborderait l'Oin et le Yu par l'intérieur, par les déserts qui s'étendent au-delà des frontières de ces deux pays ? Et qui, à part les habitants de l'Oin et de Yu, aurait besoin d'approcher la capitale par les terres ?

— Je crois que j'ai compris ce que vous voulez dire, Dyvim Tvar. Vous jugez donc sage de tirer parti des particularités de notre navire et de...

— Et d'aborder Dhoz-Kam par les terres, de déclencher une attaque surprise et de faire intervenir ces vétérans que nous avons emmenés avec nous. Il faudrait faire vite, ignorer les nouveaux alliés du Prince Yyrkoon et concentrer toutes nos forces pour retrouver le Prince Yyrkoon et les renégats. Serait-ce possible, Elric ? Faire une descente surprise dans la cité, arrêter Yyrkoon et sauver Cymoril, puis repartir aussitôt ?

— Etant donné que nous n'avons pas assez d'hommes pour donner l'assaut, c'est tout ce que nous pouvons faire, bien que cela ne soit pas sans danger. L'effet de surprise sera nul, évidemment, une fois l'attaque déclenchée. L'échec d'une première invasion rendrait plus difficile une deuxième tentative. Nous avons aussi la solution de pénétrer dans la ville de nuit et d'espérer trouver Yyrkoon et Cymoril seuls, mais alors nous n'utiliserions pas notre arme majeure, le Navire des Terres et des Mers. Je crois que votre plan est meilleur, Dyvim Tvar. Mettons maintenant le cap sur les terres, en espérant que Grome mettra un certain temps à nous trouver — car je le soupçonne d'essayer de reprendre possession du navire. Ils redescendirent des arbres.

Elric reprit son poste sur le pont avant du beau navire et ordonna au timonier de mettre le cap sur les terres. Avec la moitié seulement de ses voiles dehors, le navire fila gracieusement sur l'eau, puis sur le banc de roches. Les arbustes en fleurs de la forêt s'effacèrent devant la proue, puis ce fut l'obscurité de la jungle luxuriante, le croassement et le piaillement des oiseaux effrayés, les regards terrorisés des petits habitants des arbres, qui faillirent perdre l'équilibre en voyant le navire sillonner tranquillement la forêt en contournant seulement les plus gros arbres.

C'est ainsi qu'ils arrivèrent à l'intérieur du pays d'Oin, situé au bord du fleuve Ar qui marquait la frontière entre l'Oin et le Yu.

L'Oin était essentiellement un pays de savanes et de steppes. Ses habitants travaillaient seulement la terre car ils redoutaient la forêt et ne s'y aventuraient jamais, bien que cette forêt renfermât toute la richesse de l'Oin.

Le navire avançait assez rapidement. Ils arrivèrent dans une plaine où ils devaient bientôt découvrir un lac immense qui miroitait au loin. Dyvim Tvar consulta alors la carte rudimentaire qu'il s'était procurée à Ramasaz, selon laquelle il leur fallait mettre de nouveau le cap vers le sud et rallier Dhoz-Kam en décrivant un grand demi-cercle. Elric approuva et le navire vira de bord.

C'est alors que la terre trembla à nouveau. D'énormes vagues d'herbe déferlèrent autour du navire en dérobant toute visibilité aux hommes de l'équipage. Le navire se mit à rouler et à tanguer. Deux Imrryriens tombèrent du gréement et s'écrasèrent sur le pont. Le maître d'équipage hurlait des ordres. Tout cela dans un silence qui ne faisait qu'ajouter au tragique de la situation. Le maître d'équipage cria à ses hommes de rester à leurs postes.

— Et tous ceux qui n'ont rien à faire, dans l'entrepont, immédiatement ! ajouta-t-il.

Elric avait attaché une écharpe au garde-fou et noué l'autre extrémité autour de son poignet. Dyvim Tvar avait fait de même avec un ceinturon. Mais cela ne les empêchait pas d'être ballottés d'un côté et de l'autre et de perdre souvent l'équilibre lorsque le navire tanguait. Elric avait l'impression que tous ses os allaient se briser et que tout son corps était meurtri. Et le navire de craquer, de protester, de menacer de se démembrer au milieu de ces secousses.

— Est-ce là l'œuvre de Grome, Elric ? demanda Dyvim Tvar haletant. Ou bien l'émanation de la sorcellerie d'Yyrkoon ?

Elric hocha la tête.

— Ce n'est pas Yyrkoon qu'il faut accuser, mais Grome. Et je ne sais pas comment apaiser son courroux.

Mais ce n'est peut-être pas Grome qui est le plus puissant des Seigneurs des Elémentaires.

— Ne viole-t-il pas ainsi le pacte qu'il a conclu avec son frère ?

— Non, je ne le pense pas. Le Seigneur Straasha nous avait prévenus qu'un tel incident pouvait se produire. Il ne nous reste plus qu'à espérer que Grome épuise toute son énergie et que le navire survive, tout comme il est capable d'étaler une tempête en mer.

— Mais c'est pire qu'une tempête en mcr, Elric ! Celui-ci hocha la tête en signe d'assentiment, mais resta muet, car le pont penchait dangereusement et il dut s'agripper des deux mains au garde-fou pour ne pas tomber.

Puis le silence fut soudain rompu par un grondement et un rugissement qui avaient quelque chose d'un rire.

— Seigneur Grome ! hurla Elric. Seigneur Grome ! Laissez-nous vivre ! Nous ne vous avons fait aucun mal !

Mais le rire se fit de plus en plus fort, secouant le navire tout entier qui luttait contre les vagues gigantesques de la terre, contre les arbres, les collines, les rochers qui déferlaient sur lui, sans jamais l'engloutir, car Grome tenait sans doute à retrouver son navire intact.

— Grome ! Vous n'avez rien à reprocher aux mortels ! cria Elric. Laissez-nous vivre. Demandez-nous une faveur si vous voulez, mais de votre côté, aidez-nous !

Elric criait presque tout ce qui lui venait à l'esprit. En vérité, il n'avait aucun espoir d'être entendu par le dieu de la Terre et il n'espérait même pas que le Seigneur Grome prît la peine de les écouter, si toutefois les Elémentaires avaient une ouïe. Mais il ne pouvait rien faire d'autre.

— Grome ! Grome ! Grome ! Ecoute-moi !

La seule réponse qu'Elric reçut, ce fut ce même rire, encore plus fort, qui ébranlait ses nerfs. Les vagues de la terre se creusaient de plus en plus. Elric crut qu'il allait devenir fou.

— Seigneur Grome ! Seigneur Grome ! Voulez-vous simplement détruire ceux qui ne vous ont jamais fait aucun mal ?

Puis les secousses lentement s'apaisèrent, le navire s'immobilisa et une gigantesque silhouette brune apparut. Elle avait la couleur de la terre et l'apparence d'un vieux chêne. Ses cheveux et sa barbe avaient la couleur des feuillages, ses yeux la couleur de l'or, ses dents la couleur du granit. Ses pieds ressemblaient à des racines. Sa barbe et ses poils ressemblaient à de jeunes pousses vertes. Elle sentait la terre humide. C'était le Seigneur Grome des Elémentaires de la Terre. Il renifla, fronça les sourcils et dit d'une voix puissante, d'une voix rude et grincheuse à la fois :

— Je veux mon navire.

— Nous ne pouvons vous donner un navire qui n'est pas à nous, Seigneur Grome, dit Elric.

Grome s'irrita.

— Je veux mon navire, déclara-t-il d'une voix posée. Je le veux. Il est à moi.

— A quoi vous servirait-il, Seigneur Grome ?

— A quoi me servirait-il ? Il est à moi ; c'est mon navire.

Grome frappa du pied et le sol trembla.

Elric dit, en désespoir de cause :

— Le navire est à votre frère, Seigneur Grome. C'est le navire du Seigneur Straasha. Il vous a donné une partie de son royaume et vous lui avez laissé le navire. Telles étaient les clauses du pacte.

— Je ne sais pas ce qu'est un « pacte ». Ce navire est à moi.

— Vous savez que, si vous prenez le navire, le Seigneur Straasha vous reprendra le territoire qu'il vous a donné.

— Je veux mon navire ! La gigantesque silhouette changea de posture, des morceaux de terre tombèrent avec un bruit sourd sur le sol et le pont du navire.

— Il vous faudra alors nous tuer pour l'avoir, déclara Elric.

— Vous tuer ? Grome ne tue pas les mortels. Il ne tue rien. Grome construit. Grome engendre.

— Vous avez déjà tué trois membres de l'équipage, fit remarquer Elric. Trois hommes ont péri, Seigneur Grome, lorsque vous avez soulevé la tempête terrestre.

Grome fronça ses larges sourcils et se gratta la tête, faisant alors entendre un bruissement de feuilles.

— Grome ne tue pas, répéta-t-il.

— Le Seigneur a tué, dit Elric d'un ton calme. Trois hommes.

— Je veux mon navire, en tout cas, grommela Grome.

— Votre frère nous a prêté ce navire. Nous ne pouvons vous le donner. D'ailleurs nous sommes à bord de ce navire pour remplir une noble mission. Nous...

— Je ne sais pas ce qu'est une « mission », et je m'en moque ! Je veux mon navire. Mon frère n'aurait pas dû vous le prêter. Je l'avais presque oublié. Mais maintenant je sais qu'il existe et je le veux.

— N'accepteriez-vous pas autre chose en échange du navire, Seigneur Grome ? demanda soudain Dyvim Tvar. Un autre présent ?

Grome hocha la tête, une tête monstrueuse.

— Comment un mortel pourrait-il me donner quelque chose ? Ce sont toujours les mortels qui me prennent quelque chose. Ils me volent mes os, mon sang, ma chair. Pourriez-vous me restituer tout ce que votre race m'a volé ?

— N'y a-t-il pas une chose bien définie que vous désireriez ? dit Elric.

Grome ferma les yeux.

— Des métaux précieux ? Des bijoux ? suggéra Dyvim Tvar. Nous en avons beaucoup à Melniboné.

— J'en ai aussi beaucoup, dit le Seigneur Grome.

Elric haussa les épaules de désespoir.

— Comment négocier avec un dieu, Dyvim Tvar ? Il sourit, d'un sourire amer. Que peut désirer le Seigneur de la Terre ? Plus de soleil, plus de pluie ? Cela, nous ne pouvons le lui donner.

— Je suis un dieu acariâtre, dit Grome. Si toutefois je suis un dieu. Mais je ne voulais pas tuer vos camarades. J'ai une idée. Donnez-moi leurs corps. Enterrez-les dans mon royaume.

Elric sursauta.

— Est-ce tout ce que vous voulez de nous ?

— C'est beaucoup pour moi.

— Et vous nous laisserez ensuite poursuivre notre route ?

— Sur mer, oui, bougonna Grome. Je ne vois pas pourquoi je vous laisserais naviguer sur mes terres. C'est trop me demander. Vous pouvez aller sur ce lac là-bas, mais désormais ce navire possédera seulement les particularités que lui octroie mon frère Straasha. Désormais, il ne sillonnera plus mon royaume.

— Mais, Seigneur Grome, nous avons besoin de ce navire. Nous sommes en train de remplir une mission urgente. Nous devons nous rendre dans cette cité, là-bas, dit Elric en indiquant de la main Dhoz-Kam.

— Vous pouvez aller jusqu'à ce lac là-bas ; mais, après cela, le navire ne voguera plus que sur mer. Maintenant donnez-moi ce que je vous demande.

Elric appela le maître d'équipage qui, pour la première fois, semblait s'étonner de ce dont il était témoin.

— Apporte-moi les corps.

Les corps furent montés sur le pont. Grome allongea une de ses gigantesques mains et les ramassa.

— Merci, grommela-t-il. Bon voyage.

Puis il s'enfonça lentement dans le sol. La terre engloutit sa gigantesque silhouette.

Le navire appareilla à destination du lac. C'était son dernier voyage sur la terre.

— Ainsi nos plans ont échoué, dit Elric.

Dyvim Tvar regardait en direction de la surface miroitante du lac, l'air consterné.

— Oui. Nous les avions pourtant élaborés avec soin. J'hésite à vous le suggérer une nouvelle fois, Elric, mais je crains que nous n'ayons de nouveau à recourir à la sorcellerie, si nous voulons mener à bien notre entreprise.

Elric soupira.

— Oui, je le crains aussi, dit-il.

8

LA CITÉ AU MIROIR

Le Prince Yyrkoon était satisfait : ses plans étaient respectés. Il regarda par les fentes de la palissade qui entourait la terrasse, sur lc toit de sa maison (une maison à trois étages, la plus jolie de Dhoz-Kam). Son regard était dirigé vers le port où étaient mouillés les splendides navires qu'il avait pris. Tous les navires qui étaient entrés dans le port en battant pavillon d'une nation peu puissante avaient été ainsi capturés. Cela avait été d'autant plus facile que le grand miroir monté sur ses piliers, au-dessus de la cité, ne manquait jamais de darder ses rayons vers les hommes de tous les équipages. Des démons avaient construit ces piliers, et le Prince Yyrkoon leur avait donné en échange l'âme des habitants des pays d'Oin et de Yu qui lui avaient résisté. Maintenant il ne lui restait plus qu'une chose à faire avant de marcher sur Melniboné avec sa nouvelle armée...

Il se retourna pour parler à sa sœur. Cymoril était étendue sur un banc de bois, contemplant le ciel d'un regard absent. Elle portait toujours la robe qu'elle avait le jour où Yyrkoon l'avait enlevée dans sa tour, et qui n'était plus maintenant que lambeaux informes.

— Regarde notre flotte, Cymoril. Elle nous conduira sans encombre jusqu'à Imrryr, pendant que les frégates dorées sillonnent les mers, et nous nous emparerons de la cité. Elric ne peut plus rien faire contre nous. Il est tombé dans mon piège avec une telle allégresse ! Quel idiot ! Et quelle idiote tu étais de lui accorder ton affection !

Cymoril ne dit mot. Ces derniers mois durant, Yyrkoon avait ajouté des drogues à la nourriture et à la boisson de sa sœur, qui était maintenant dans un état de léthargie comparable à celui où se trouvait Elric chaque fois qu'il ne prenait pas ses remèdes. A force d'user de ses pouvoirs magiques, Yyrkoon était devenu maigre, hagard et négligé. Il ne se souciait plus de sa mise. Cymoril aussi avait cet air négligé et hagard, mais sans pour autant perdre de sa beauté. On eût dit que la torpeur de Dhoz-Kam les avait gagnés tous les deux, de façon différente.

— Mais ne t'inquiète pas pour ton avenir, ma sœur, poursuivit Yyrkoon. Il rit intérieurement. Tu seras toujours Impératrice, tu siégeras toujours aux côtés de l'Empereur sur le Trône de Rubis. La seule différence, c'est que ce sera moi l'Empereur. L'agonie d'Elric sera longue, une agonie sublime qui défiera sa propre imagination.

— Tu es insensé, Yyrkoon ! dit-elle sans même se retourner vers son frère. Elle avait parlé d'une voix distante et caverneuse.

— Insensé ? Voyons, ma sœur, est-ce là une parole digne d'une vraie Melnibonéenne ? Nous, Melnibonéens, n'employons jamais le terme « sensé » ou « insensé ». Les hommes sont ce qu'ils sont. Ils font ce qu'ils font. Peut-être es-tu déjà restée trop longtemps dans les Jeunes Royaumes et peut-être commences-tu à adopter leur mentalité. Mais nous allons bientôt remédier à tout cela. Nous allons revenir à l'Ile aux Dragons en triomphateurs et tu oublieras ces mauvais jours, comme si tu avais regardé dans le Miroir des Souvenirs.

Il jeta un regard anxieux vers le haut de la colline comme s'il se fût attendu d'un moment à l'autre à voir le miroir darder ses rayons sur lui.

Cymoril ferma les yeux. Elle respirait bruyamment et très lentement. Elle avait jusqu'alors fait preuve d'un grand courage. Ce courage était la conviction qu'Elric viendrait finalement la sauver. C'était là le seul espoir qui lui permettait de se raccrocher à la vie. Si cet espoir devait être déçu, elle se donnerait la mort et c'en serait fini de Yyrkoon et de ses horreurs.

— T'ai-je dit que, la nuit dernière, j'ai réussi à évoquer les démons ? De puissants démons occultes. Ils m'ont appris tout ce qu'il me restait à apprendre. Et j'ai enfin ouvert la Porte des Ténèbres. Bientôt je passerai cette Porte et trouverai ce que je cherche. Je serai alors le plus puissant mortel de la terre. Te l'ai-je déjà raconté, Cymoril ?

Tout cela, il l'avait en fait déjà raconté plusieurs fois ce matin-là, mais Cymoril ne lui prêtait toujours pas plus d'attention. Elle se sentait lasse. Elle voulait dormir. Lentement, elle dit, comme un leitmotiv :

— Je te hais, Yyrkoon.

— Oui, mais bientôt tu m'aimeras, Cymoril. Très bientôt.

— Elric viendra avant...

— Elric ! Ah ! Il se tourne les pouces dans sa tour, à attendre des nouvelles qui ne lui parviendront jamais, sinon le jour où je les lui apporterai en personne !

— Elric viendra, dit-elle.

Yyrkoon poussa un grognement : une Oinienne au visage grossier venait lui apporter son vin du matin. Il prit la coupe et but le breuvage. Puis il le recracha au visage de la fille qui, tremblante, baissa aussitôt la tête. Yyrkoon prit alors la cruche et la vida sur la poussière blanche du toit.

— Voilà le sang de navet d'Elric. Voilà comment il jaillira de son corps !

Cymoril n'écoutait pas. Elle pensait à son amant, aux jours heureux qu'ils avaient passés ensemble depuis leur plus tendre enfance.

Yyrkoon jeta la cruche vide au visage de la fille, mais elle s'esquiva, murmurant ce qu'elle murmurait chaque fois qu'Yyrkoon l'attaquait ou l'insultait :

— Merci, Seigneur Démon. Merci, Seigneur Démon.

Yyrkoon rit.

— Oui. Seigneur Démon. Ton peuple a raison de m'appeler ainsi, car je gouverne plus de démons que d'hommes. Ma puissance grandit de jour en jour !

L'Oinienne courut chercher une autre cruche, car elle savait que son maître allait redemander du vin d'un moment à l'autre. Yyrkoon alla à l'autre extrémité de la terrasse pour contempler par les fentes de la palissade le symbole de sa puissance. Mais, alors qu'il regardait les navires, un brouhaha s'éleva à l'autre bout de la terrasse. Etaient-ce les Yuriens et les Oiniens qui se battaient ? Où se trouvaient les centurions d'Imrryr ? Où se trouvait le capitaine Valharik ?

Il se précipita de l'autre côté du toit et regarda dans la rue. Cymoril semblait s'être endormie.

— Le feu ? murmura-t-il. Un incendie ?

Il est vrai qu'un incendie semblait s'être déclaré dans les rues. Mais il ne s'agissait pas d'un incendie ordinaire : des boules de feu volaient de tous côtés, embrasant des toits de chaume, des portes, enfin tout ce qui était la proie facile du feu — une armée d'envahisseurs qui mettaient le feu à la cité.

Yyrkoon fronça les sourcils. Peut-être s'était-il trompé et avait-il jeté un maléfice sur lui-même ? Il regarda vers le fleuve et vit un navire étrange, un navire d'une beauté et d'une grâce remarquables, un navire qui semblait être plus l'œuvre de la nature que de l'homme. Il sut alors qu'une attaque avait été déclenchée. Mais par qui ? Il n'y avait rien à piller. Ce ne pouvait être les soldats d'Imrryr...

Ce ne pouvait être Elric...

— Ce n'est sûrement pas Elric, grommela-t-il. Le Miroir ! Il faut le tourner vers les envahisseurs.

— Et sur toi aussi, mon frère ? dit Cymoril, qui s'était relevée en vacillant et qui s'appuyait à la table. Elle souriait. Tu étais trop sûr de toi, Yyrkoon. L'envahisseur en question, c'est Elric.

— Elric ! C'est insensé ! Non, ce sont de simples barbares de l'intérieur des terres. Lorsqu'ils seront arrivés au centre de la cité, nous pourrons tourner le Miroir des Souvenirs dans leur direction.

Puis, se précipitant vers la trappe qui accédait à sa maison, il cria :

» Capitaine Valharik ! Valharik ? où êtes-vous ?

Valharik apparut, ruisselant de sueur. Il tenait une lame dans sa main gantée, mais ne semblait pas s'en être encore servi.

— Préparez le Miroir, Valharik. Tournez-le vers les attaquants !

— Mais, mon seigneur, nous risquons de...

— Dépêchez-vous ! Faites ce que je vous dis.

Nous ajouterons bientôt ces barbares à l'effectif de nos forces — sans oublier leur navire.

— Des barbares, mon seigneur ? Les barbares peuvent-ils commander les Elémentaires du Feu ? Ces choses contre lesquelles nous luttons, ce sont des esprits du Feu. Ils sont invulnérables, tout comme le Feu.

— On peut détruire le Feu par l'Eau, rappela le Prince Yyrkoon à son lieutenant. Par l'eau, Valharik. L'avez-vous oublié ?

— Mais, Prince Yyrkoon, nous avons essayé d'apaiser les esprits avec l'Eau, mais l'Eau refusait de quitter nos seaux. Un sorcier puissant est à la tête des envahisseurs. Il bénéficie de l'aide des esprits du Feu et de l'Eau.

— Vous êtes fou, capitaine Valharik, dit Yyrkoon sèchement. Fou ! Préparez le Miroir et cessez ces simagrées.

Valharik passa sa langue sur ses lèvres sèches.

— Oui, mon seigneur.

Il s'inclina et s'en alla exécuter les ordres de son maître.

Yyrkoon retourna à la palissade et regarda dans la rue : il y avait maintenant des hommes qui se battaient avec des soldats, mais la fumée l'empêchait d'identifier les envahisseurs.

— Savourez bien votre piètre victoire, se dit Yyrkoon en riant, car bientôt le Miroir emportera vos souvenirs et vous serez mes esclaves.

— C'est Elric, dit Cymoril très calmement. Elle sourit. Elric vient prendre sa revanche, mon frère.

Yyrkoon ricana.

— Ah oui, tu crois ? Tu crois ça ? Eh bien, même si c'est vrai, il ne me trouvera pas ; car j'ai encore un moyen de lui échapper. Il ne trouvera que toi, et dans un état qui ne sera pas sans lui déplaire (mais qui ne l'inquiétera pas outre mesure). Mais ce n'est pas Elric. C'est un de ces chamans des steppes de l'est. Il sera bientôt en mon pouvoir.

Cymoril regardait aussi par les planches de la palissade.

— C'est Elric, répéta-t-elle. Je vois son heaume.

— Quoi ? fit Yyrkoon en la poussant de côté. En bas, dans la rue, les Imrryriens s'entretuaient, cela ne faisait plus aucun doute. Les hommes d'Yyrkoon — des Imrryriens, des Oiniens et des Yuriens — étaient refoulés. Et à la tête des attaquants imrryriens émergeait un heaume noir à l'effigie du dragon, qui ne pouvait être qu'un heaume melnibonéen. C'était celui d'Elric. Et son épée sanglante, qui avait jadis appartenu au Comte Aubec de Malador, lançait ses feux dans la lumière du matin.

Yyrkoon resta un moment abasourdi. Il grommela :

— Elric, Elric, nous nous sous-estimons toujours. Quelle malédiction s'acharne sur nous ?

Cymoril avait redressé la tête, et son visage s'animait de nouveau.

— Je le disais bien qu'il viendrait, n'est-ce pas, mon frère ?

Yyrkoon fit volte-face.

— Oui, il est venu et le Miroir lui dérobera ses souvenirs et il sera mon esclave, acceptant tout ce que j'instillerai dans son cerveau. Voilà qui est encore mieux que ce que j'avais imaginé, ma sœur. Ah !

Il regarda vers la colline, puis se cacha les yeux derrière son bras, se rendant compte de ce qu'il avait fait.

» Vite, descendons ! Le miroir commence à tourner.

Il y eut alors un horrible grincement de poulies et de chaînes : le redoutable Miroir des Souvenirs se tournait vers les rues de la cité.

» Elric et ses hommes ne tarderont pas à augmenter l'effectif de mes forces. O ironie sublime !

Yyrkoon fit descendre sa sœur à l'échelle qui accédait à ses appartements, puis referma la trappe sur lui.

» Elric lui-même participera à l'attaque d'Imrryr. Il se fera le destructeur de sa propre race. Il sera chassé du Trône de Rubis !

— Ne penses-tu pas qu'Elric connaît les dangers du Miroir des Souvenirs, mon frère ? demanda Cymoril non sans quelque satisfaction.

— Il les connaît, certainement, mais il ne peut y parer. Pour se battre, il doit voir. Il a donc le choix entre être abattu ou bien ouvrir les yeux. Personne ne peut résister au pouvoir du Miroir.

Il jeta un regard circulaire dans la pièce pauvrement meublée.

» Où est Valharik ? Où est ce malotru ?

Valharik arriva en courant.

— Le Miroir tourne, mon seigneur, mais il va toucher nos hommes également. J'ai peur que...

— Cessez d'avoir peur. Quelle importance si nos hommes subissent ses effets ? Nous pourrons bientôt leur instiller dans la tête ce qu'ils ont besoin de savoir. Nous ferons de même pour nos prisonniers. Ne vous affolez pas ainsi, capitaine Valharik.

— Mais c'est Elric qui est à leur tête !...

— Et Elric a des yeux comme tout le monde, même s'ils ressemblent à des pierres rouges. Il subira le même sort que ses hommes.

En bas, dans les rues voisines de la maison du Prince Yyrkoon, Elric, Dyvim Tvar et les soldats imrryriens refoulaient l'ennemi démoralisé. Du côté des attaquants, il n'y avait aucune victime, par contre, du côté des Oiniens et des Yuriens, les morts étaient nombreux. Dans les rues gisaient des corps, parmi lesquels quelques renégats imrryriens. Les Elémentaires du Feu, qu'Elric avait invoqués, non sans peine d'ailleurs, se dispersaient peu à peu ; car il leur coûtait un grand effort de rester si longtemps sur le niveau d'Elric. Mais ils avaient la situation bien en main et l'issue de la bataille était proche. Une centaine de maisons au moins étaient en feu ; l'incendie se propageait dans toute la cité, les défenseurs devaient redoubler de vigilance de peur que les masures ne s'écroulent sur eux. Dans le port, les navires aussi étaient en feu.

Dyvim Tvar fut le premier à remarquer que le Miroir tournait en direction de la cité même. Il montra du doigt, d'un doigt accusateur, le Miroir, puis sonnant de son cor, il ordonna aux hommes qui n'avaient encore joué aucun rôle dans la bataille d'intervenir.

— Maintenant, à vous de nous guider ! cria-t-il, et il abaissa la visière de son heaume. Les œillères en étaient bloquées, si bien qu'il ne voyait rien.

Elric abaissa lentement la visière de son heaume à son tour. Il fut alors plongé dans l'obscurité totale. Les rumeurs de la bataille lui parvenaient : les vétérans avaient pris la relève des autres troupes, qui se retiraient maintenant. Ceux qui étaient en tête n'avaient pas fermé leurs œillères.

Elric pria pour que son plan réussît.

Caché derrière la tenture, Yyrkoon jeta un coup d'œil furtif et demanda d'un ton plaintif :

— Valharik ! Ils se battent toujours ? Pourquoi ? Le Miroir n'a-t-il pas été tourné ?

— Il devrait l'être, mon seigneur.

— Mais regardez ! Les Imrryriens refoulent toujours nos défenseurs, et nos hommes commencent à subir les effets du Miroir. Que se passe-t-il, Valharik ? Que se passe-t-il ?

Valharik émit un léger sifflement d'admiration en voyant les Imrryriens.

— Ils sont aveugles, dit-il. Ils se guident avec l'ouïe, le toucher et l'odorat. Ils sont aveugles, mon seigneur. Elric et ses hommes, avec leur heaume qui leur protège les yeux, les suivent.

— Aveugles ? répéta Yyrkoon sur un ton presque pathétique, refusant de comprendre. Aveugles ?

— Oui, des soldats aveugles — qui sont devenus aveugles au cours d'anciennes guerres, mais n'en sont pas moins restés de bons soldats. C'est ainsi qu'Elric s'est joué de notre Miroir, mon seigneur.

— Non, non ! Il assena un grand coup dans le dos du capitaine, qui fit un écart. Elric n'est pas si rusé que cela ! C'est un démon qui lui a donné cette idée.

— Peut-être, mon seigneur. Mais existe-t-il des démons plus puissants que ceux qui vous ont octroyé leur aide ?

— Non, dit Yyrkoon. Il n'en existe pas. Je pourrais les invoquer maintenant, mais j'ai épuisé toutes mes forces à ouvrir la Porte des Ténèbres. J'aurais dû y songer avant. Je ne pouvais pas imaginer que… Elric, je te tuerai lorsque les épées runiques seront entre mes mains !

Puis Yyrkoon fronça les sourcils.

» Mais comment a-t-il pu… ? Quel démon lui a… ? A moins qu'il n'ait invoqué Arioch. Mais il n'a pas pu le faire ! Moi-même je n'ai pu l'invoquer…

Puis les rumeurs de la bataille s'élevèrent, comme pour répondre à toutes ces questions. Une incantation s'éleva à son tour.

— Arioch ! Arioch ! Du sang et des âmes pour le Seigneur Arioch !

« Je dois absolument me procurer les épées runiques, et pour cela franchir la Porte des Ténèbres. J'ai encore des alliés là-bas, des alliés surnaturels qui prendront soin d'Elric si cela est nécessaire. Mais il me faut du temps… » se disait Yyrkoon en arpentant la salle à grands pas. Valharik, de son côté, observait toujours les combattants.

— Ils se rapprochent, dit le capitaine.

Cymoril sourit.

— Ils se rapprochent, Yyrkoon. Qui est en définitive l'idiot ? Elric ou toi ?

— Tais-toi ! Je crois que… Je crois que… fit Yyrkoon en se mordant les lèvres.

Puis un éclair passa dans ses yeux ; il jeta alors un regard sournois vers Cymoril et se tourna du côté du capitaine Valharik.

— Valharik, vous allez détruire le Miroir des Souvenirs.

— Le détruire ? Mais c'est la seule arme dont nous disposons, mon seigneur.

— C'est exact, mais elle ne nous sert plus à rien maintenant.

— Non !

— Détruisez-le. C'est notre seule chance, ordonna Yyrkoon en montrant la porte du doigt. Allez détruire le Miroir.

— Mais, Prince Yyrkoon, je veux dire Empereur Yyrkoon, n'abandonnons-nous pas ainsi la seule arme dont nous disposions ?

— Faites ce que je vous dis, Valharik ! Ou vous êtes un homme mort !

— Mais comment le détruire, mon seigneur ?

— Avec votre épée. Vous escaladerez le pilier qui le soutient puis vous le frapperez d'un coup de lame, mais sans jamais regarder dedans. Vous le briserez facilement, vous savez toutes les précautions que j'ai dû prendre pour ne pas le casser.

— Est-ce tout ce que je dois faire ?

— Oui. Vous serez libre ensuite, libre de vous enfuir ou de faire ce que bon vous semblera.

— Ne devons-nous pas marcher sur Melniboné ?

— Non. J'ai songé à un autre moyen de prendre l'Ile aux Dragons.

Valharik haussa les épaules, l'air sceptique. Mais que pouvait-il faire, sinon suivre Yyrkoon ? Autrement, c'était la torture qui l'attendait avec Elric. La tête basse, le capitaine se retira. Il s'en fut exécuter les ordres du prince.

— Et maintenant, Cymoril... fit Yyrkoon avec un sourire perfide en saisissant sa sœur par les épaules... maintenant c'est l'heure de te préparer pour la venue de ton amant.

Un des soldats aveugles cria :

— Ils ne résistent plus, mon seigneur. Ils sont épuisés et tombent sous le plus léger coup. Comment cela se fait-il ?

— Le Miroir leur a dérobé tous leurs souvenirs, répondit Elric en se retournant du côté d'où venait la voix du soldat. Conduisez-nous maintenant dans une maison qui soit à l'abri des rayons du Miroir.

Ils arrivèrent finalement dans une sorte d'entrepôt assez grand pour abriter tout leur effectif. Ils refermèrent les portes derrière eux et se mirent à élaborer des plans.

— Nous devons retrouver Yyrkoon, déclara Dyvim Tvar. Nous n'avons qu'à interroger un de ses soldats...

— Je n'en vois pas l'intérêt, mon ami, fit Elric. Ils ont perdu la mémoire. Ils ne se rappelleront absolument plus rien. Ils ne se rappellent même pas ce qu'ils sont, ni qui ils sont. Allez voir derrière ces volets quelle maison pourrait être celle de mon cousin.

Dyvim Tvar se dirigea vers les volets et regarda au-dehors.

— Oui, il y a une maison plus grande que les autres, où les rescapés de la bataille semblent s'être réfugiés, à en juger l'agitation qui y règne. Ce pourrait fort bien être la forteresse d'Yyrkoon. Nous devrions pouvoir la prendre d'assaut assez facilement.

Elric le rejoignit.

— Oui. Je pense aussi qu'Yyrkoon se cache là-bas. Mais nous devons faire vite, car il peut décider de tuer Cymoril. Nous devons trouver le meilleur moyen de nous rendre là-bas et indiquer à nos soldats aveugles le nombre de rues, de maisons jusqu'à la maison d'Yyrkoon.

— Qu'est-ce que ce bruit étrange ? fit un des soldats en levant la tête. On dirait un gong.

— Oui. Je l'entends aussi, dit un autre soldat.

Elric l'entendait également. Un bruit sinistre. Un bruit qui venait d'en haut et qui emplissait l'air.

— Le Miroir ! s'exclama Dyvim Tvar. Le Miroir n'a-t-il pas des effets que nous ignorons ?

— C'est possible... répondit Elric en essayant de se rappeler ce qu'Arioch lui avait dit. Mais c'était si vague ! Il n'avait d'ailleurs même pas fait allusion à ce bruit terrifiant, ce fracas épouvantable comme si... Il est en train de briser le Miroir ! s'exclama-t-il à son tour. Mais pourquoi ? Une idée surgit dans son esprit, comme inspirée par le bruit lui-même.

— Peut-être Yyrkoon est-il mort et sa magie se meurt-elle aussi ? commença Dyvim Tvar. Puis il poussa un gémissement.

Le bruit se faisait de plus en plus fort, de plus en plus intense, de plus en plus strident.

Et puis Elric comprit. Il se boucha les oreilles. Les souvenirs que le Miroir avait dérobés ! Ils affluaient maintenant dans son esprit. Le Miroir avait été brisé, et maintenant il libérait tous les souvenirs rassemblés au cours des siècles, des millénaires même peut-être. Nombre de ces souvenirs n'étaient pas humains. C'était les souvenirs d'animaux et de créatures douées d'intelligence qui avaient existé avant la naissance de Melniboné. Et tous ces souvenirs cherchaient leur place dans le cerveau d'Elric, dans le cerveau des Imrryriens, dans le cerveau des hommes, qui poussaient des hurlements pitoyables dans les rues, dans le cerveau du capitaine Valharik, le renégat, qui était tombé du grand pilier du Miroir, accompagnant le Miroir dans sa chute.

Mais Elric n'avait pas entendu le hurlement du capitaine Valharik, il ne l'avait pas non plus entendu rebondir sur le toit d'une maison pour s'écraser ensuite sur la chaussée, cadavre désarticulé enseveli sous les débris du Miroir.

Elric se tordait de douleur sur le sol de l'entrepôt, essayant de chasser de son esprit mille souvenirs qui n'étaient pas les siens, des souvenirs d'amour, de haine, de sentiments étranges et d'autres qui l'étaient moins, des souvenirs de guerre, de voyage, de parents qui n'étaient pas ses parents, d'animaux, de navires, de cités, de combats, de scènes d'amour, de craintes, de désirs ; et tous ces souvenirs luttaient les uns contre les autres pour s'emparer de son cerveau, menaçant même de chasser ses propres souvenirs (et ainsi d'altérer sa personnalité). Tout ce temps durant, il répétait un nom, toujours le même, pour essayer de préserver son identité.

— Elric. Elric. Elric.

Et, au prix d'un effort aussi grand que celui qu'il avait dû fournir pour invoquer Arioch, il réussit à chasser ces souvenirs pour ne conserver que les siens propres. Puis, tout tremblant, épuisé, il décolla ses mains de ses oreilles et se tut. Il se redressa et regarda autour de lui.

Plus des deux tiers de son armée étaient morts... Le maître d'équipage était mort. Il gisait là, les yeux ouverts, les lèvres tordues, le visage souillé de sang. Les corps gisaient dans d'étranges postures, tous avaient les yeux ouverts, quand ceux-ci n'avaient pas été arrachés. Nombreux étaient ceux qui semblaient s'être mutilés. On voyait çà et là des vomissures, des cervelles qui étaient venues s'écraser sur les murs. Dyvim Tvar était roulé en boule dans un coin et marmonnait quelque chose. Elric se demanda s'il n'était pas devenu fou. Les autres survivants montraient des signes extérieurs de folie mais ils étaient calmes, ils n'étaient pas dangereux. Ils étaient cinq seulement, y compris Elric, à avoir résisté à cette invasion de souvenirs et à avoir gardé tout leur bon sens. Tous les autres semblaient avoir été foudroyés par une crise cardiaque.

— Dyvim Tvar ? fit Elric en posant la main sur l'épaule de son ami. Dyvim Tvar ?

Celui-ci dégagea son bras de par-dessus sa tête et regarda Elric. Dans ses yeux se lisaient la lassitude d'un homme vieux de vingt mille ans et une certaine ironie.

— Je ne suis pas mort, Elric.

— Peu d'entre nous sont demeurés en vie !

Ils quittèrent l'entrepôt un peu plus tard. Ils n'avaient plus à redouter le Miroir, responsable de tous ces morts qui recouvraient maintenant la chaussée. Des mains immobiles, rigides, se tendaient vers eux. Des lèvres figées imploraient leur aide, muettes. Elric ne voulait pas voir ce spectacle et, cependant, alors qu'il enjambait les cadavres, sa soif de vengeance se faisait plus impérieuse.

Ils arrivèrent devant la maison d'Yyrkoon. La porte était ouverte, et derrière elle s'étendait un océan de cadavres. Mais aucune trace du Prince Yyrkoon.

Elric et Dyvim Tvar, suivis des quelques survivants de l'armée imrryrienne, enjambèrent d'autres cadavres dans l'escalier qui les conduisait à l'étage supérieur.

C'est là qu'ils devaient trouver Cymoril.

Elle était allongée sur une couche. Sa peau nue était couverte de runes obscènes. Elle avait les yeux mi-clos. Elle ne reconnut pas immédiatement les nouveaux arrivants. Elric se précipita vers elle et la prit dans ses bras. Tout son corps était singulièrement froid.

— C'est lui qui m'a endormie... dit-elle alors. D'un sommeil magique dont lui seul peut m'arracher... Puis elle bâilla. J'ai réussi à rester éveillée... jusqu'à maintenant... au prix d'un grand effort de... volonté... car Elric venait...

— Elric est ici, dit son amant d'une voix douce. Je suis Elric, Cymoril.

— Elric ? demanda-t-elle, toujours dans ses bras. Tu... Tu dois retrouver Yyrkoon... car lui seul peut me délivrer de cette torpeur...

— Où est-il parti ? fit Elric ; les traits de son visage s'étaient durcis, ses yeux pourpres étaient devenus féroces. Où ?

— Il est parti chercher les deux épées noires... les épées runiques... de nos ancêtres... Mournblade...

— ... et Stormbringer, poursuivit Elric dans une grimace. Les deux épées maléfiques. Mais par où est-il passé, Cymoril ? Comment a-t-il pu nous échapper ?

— Par... par... par... la Porte des Ténèbres... Il a conclu un pacte avec les démons afin de pouvoir franchir cette porte... L'autre... pièce...

Cymoril avait finalement sombré dans le sommeil, mais une certaine sérénité régnait sur son visage.

Elric se retourna pour voir Dyvim Tvar traverser la pièce, l'épée en main, et ouvrir violemment la porte. Une odeur infecte le saisit à la gorge. La pièce était plongée dans l'obscurité. Quelque chose bougea au fond.

— Oui, la sorcellerie a opéré, dit Elric. Et Yyrkoon a déjoué mes plans. Il a conjuré la Porte des Ténèbres de le laisser passer. Et maintenant il doit être dans un royaume des enfers. Mais dans quel royaume, cela je l'ignore, car il y a une multitude de royaumes. Oh, Arioch, je donnerais cher pour savoir où est mon cousin !

« *Alors lance-toi à sa poursuite* », murmura une douce voix sardonique à l'oreille d'Elric.

L'albinos crut d'abord que c'était un dernier souvenir du Miroir qui tentait de s'emparer de lui, mais il comprit vite que c'était Arioch lui-même qui lui parlait.

« *Que tes compagnons s'éloignent, afin que je puisse te parler* », dit Arioch.

Elric hésita. Il ne tenait pas à se retrouver seul avec Arioch. Il voulait être seul avec Cymoril, car il pleurait. Des larmes ruisselaient de ses yeux pourpres.

« *En te parlant, je pourrais peut-être faire revenir Cymoril à son état normal* », dit la voix. « *Et de plus je t'aiderais à vaincre Yyrkoon et à te venger de lui. En fait, je pourrais peut-être faire de toi le plus puissant des mortels qui ait jamais existé.* »

Elric leva les yeux vers Dyvim Tvar.

— Je vous demande de me laisser seul quelques instants.

— Bien sûr, fit Dyvim Tvar en emmenant ses hommes et en refermant la porte sur lui.

Arioch s'appuya sur cette porte. Il avait de nouveau l'apparence d'un beau jeune homme. Il souriait d'un sourire ouvert et amical, seuls ses yeux de vieillard trahissaient son âge.

— Il est l'heure pour toi d'aller chercher les épées noires, Elric, dit Arioch, de crainte qu'Yyrkoon ne les trouve avant toi. Je te préviens : avec ces épées runiques, il sera assez puissant pour détruire la moitié du monde. Et c'est pour cela que ton cousin affronte en ce moment les dangers du royaume qui se trouve au-delà de la Porte des Ténèbres. S'il s'empare de ces épées avant toi, cela signifiera la fin, pour toi, Cymoril, les Jeunes Royaumes et probablement aussi la chute de Melniboné. Je t'aiderai à trouver les deux épées runiques dans les enfers.

Elric dit alors d'un air songeur :

— On m'a souvent conseillé de ne pas m'aventurer à la recherche de ces épées ; on m'a dit également qu'il était même dangereux de les posséder. Je crois qu'il me faut élaborer un autre plan, mon Seigneur Arioch.

— Il n'y a pas d'autre solution. Si ce n'est pas toi, c'est Yyrkoon qui les aura. Avec Mournblade dans une main et Stormbringer dans l'autre, il sera invincible, car elles confèrent un grand pouvoir à celui qui les possède, un pouvoir immense.

Arioch se tut.

» Tu dois faire ce que je te dis. Tu as tout à gagner.

— Et vous aussi, Seigneur Arioch ?

— Oui, moi aussi. Je ne suis pas tout à fait désintéressé.

Elric hocha la tête.

— Je ne sais plus que faire. Toute cette affaire relève beaucoup trop de la sorcellerie. Je soupçonnerais même les dieux de nous manipuler...

— Les dieux servent seulement ceux qui sont disposés à les servir eux-mêmes. Ils servent aussi le destin.

— Je n'aime pas tout cela. Capturer Yyrkoon, c'est une chose. Le devancer et m'emparer moi-même des épées, c'en est une autre.

— Telle est ta destinée.

— Ne puis-je modifier ma destinée ?

Arioch secoua la tête :

— Pas plus que moi.

Elric caressa les cheveux de Cymoril, qui dormait toujours.

— Je l'aime. Elle est toute ma vie.

— Tu ne parviendras pas à l'arracher à sa torpeur si Yyrkoon découvre les épées avant toi.

— Mais comment et où vais-je pouvoir les trouver ?

— Tu franchis la Porte des Ténèbres — je l'ai laissée ouverte, mais Yyrkoon ne le sait pas — puis tu cherches le Tunnel sous le Marais qui aboutit à la Caverne des Palpitations. C'est là que sont cachées les épées runiques. Elles sont là depuis que tes ancêtres les y ont laissées...

— Pourquoi les ont-ils laissées ?

— Tes ancêtres manquaient de courage.

— Le courage d'affronter qui ?

— Eux-mêmes.

— Vous êtes très mystérieux, Seigneur Arioch.

— Les Seigneurs d'En-Haut sont toujours ainsi. Fais vite. Je ne peux pas laisser la Porte des Ténèbres ouverte longtemps.

— Très bien. J'y vais.

Et Arioch disparut.

Elric appela Dyvim Tvar d'une voix rauque et brisée. Celui-ci apparut aussitôt.

— Elric ? Que s'est-il passé ? Est-ce à cause de Cymoril ? Vous semblez...

— Je vais me lancer seul à la poursuite d'Yyrkoon. Vous allez retourner à Melniboné avec nos hommes. Vous emmènerez Cymoril. Si je ne suis pas de retour avant un certain temps, vous la proclamerez Impératrice. Si elle dort toujours, vous serez alors le régent en attendant qu'elle se réveille.

Dyvim Tvar fit doucement :

— Vous savez ce à quoi vous vous exposez ?

Elric hocha la tête.

— Non, Dyvim Tvar, je ne sais pas.

Il se leva et s'éloigna. La Porte des Ténèbres s'ouvrait devant lui.

LIVRE TROIS

Et maintenant, aucun retour en arrière n'est plus possible. La destinée d'Elric a été forgée avec la même détermination qu'ont été forgées, des siècles auparavant, les épées maléfiques. Ne pourrait-il donc jamais échapper à cette destinée, ne pourrait-il donc jamais être damné et mourir ? Ou bien avait-il été condamné avant même le premier jour ? Condamné par mille incarnations à ne connaître que tristesse, embûches, solitude et remords, à être l'éternel champion d'une cause inconnue ?

1

LA PORTE DES TÉNÈBRES

ELRIC s'enfonça dans l'obscurité. Il venait de pénétrer au Royaume des Ténèbres. Il se retourna mais les ombres de la nuit n'étaient plus. A la main il tenait l'épée d'Aubec, ainsi que son armure et son heaume noirs, silhouette solitaire sous la voûte sombre d'une immense caverne aux parois invisibles et tangibles à la fois. Elric regrettait déjà de ne pas avoir réfléchi davantage avant d'obéir à son protecteur, le démon Arioch, et de franchir la Porte des Ténèbres. Mais le regret était désormais chose inutile. Alors il oublia.

Yyrkoon demeurait introuvable. Peut-être un coursier avait-il été mis à sa disposition à la Porte des Ténèbres, ou peut-être était-il arrivé par un autre point d'incidence (tous les niveaux tournaient l'un autour de l'autre — c'est du moins ce que l'on disait). Il se trouvait donc plus près du but que lui... ou plus loin. L'air était fortement iodé, à tel point qu'il avait l'impression d'avoir les narines bouchées par le sel : il avait presque l'impression de marcher sous la mer et d'en respirer l'eau. C'était peut-être pour cette raison qu'il était difficile de voir au loin, qu'il y avait tant d'ombre et que le ciel semblait un voile jeté sur le toit d'une caverne. Elric rengaina son arme : il n'y avait apparemment aucun danger. Puis, pivotant lentement sur lui-même, il essaya de se repérer.

Peut-être de hautes montagnes s'élevaient-elles à l'est, et une forêt s'étendait-elle à l'ouest ? Mais sans soleil, sans étoiles ni lune, il était difficile d'évaluer les distances et de s'orienter. Il se trouvait dans une plaine rocheuse balayée par un vent froid qui s'engouffrait dans sa cape, comme pour la lui arracher. A une centaine de mètres de là se dressait la frêle silhouette d'arbres dépouillés et, au-delà de ces arbres, la masse informe de roches. C'était une plaine désertique, un monde vide, un monde où le combat de la Loi et du Chaos avait tout anéanti. « Existe-t-il beaucoup de niveaux semblables ? » se demandait Elric. C'est alors qu'une sombre image du destin de son riche royaume passa devant ses yeux. Et, cette image, il la chassa vite de son esprit. Il se dirigea vers les arbres, et les rochers qui étaient derrière.

Arrivant à la hauteur des arbres, il effleura une branche. Quelque chose se brisa, des cendres vinrent se mêler aux tourbillons du vent. Elric resserra l'étreinte de sa cape.

En approchant des rochers, il crut percevoir un bruit qui semblait venir de là. Il ralentit le pas et porta la main à l'épée.

Le bruit persistait — un léger bruit rythmé. Elric scruta soigneusement le rocher pour essayer d'en déterminer l'origine.

Puis ce bruit cessa, et un autre lui succéda — un bruit de pas, un pas feutré, puis de nouveau le silence. Elric recula et dégaina l'épée d'Aubec. Le premier bruit qu'il avait d'abord entendu était celui d'un homme qui dort, le deuxième celui d'un homme qui s'éveille et qui se prépare à attaquer ou à se défendre.

Elric dit alors :

— Je suis Elric de Melniboné. Ce royaume m'est inconnu.

La corde d'un arc vibra, et devant son heaume une flèche surgit. Elric s'écarta brusquement et chercha des yeux un refuge. Mais il n'y en avait pas, sinon derrière le rocher, là où se cachait l'archer.

Une voix s'éleva alors, grave et posée :

— Ce n'était pas pour te faire du mal, mais pour faire étalage de mon habileté, pour le cas où tu aurais envisagé de me faire du mal. J'ai eu mon content de démons dans ce monde, et, qui plus est, tu sembles être le plus démoniaque de tous, Visage Pâle.

— Je ne suis qu'un simple mortel, dit Elric en redressant la tête — s'il devait mourir, mieux valait mourir dignement.

— Tu as prononcé le nom de Melniboné. J'en ai entendu parler, une île habitée par des démons.

— Alors tu n'as pas dû en entendre parler assez longuement. Je suis un mortel à l'image de mon peuple tout entier. Seuls les ignorants nous considèrent comme des démons.

— Mais je ne suis pas un ignorant, cher ami. Je suis un Prêtre Guerrier de Phum. J'appartiens à cette caste, j'ai hérité de son savoir, et les Seigneurs du Chaos ont été mes maîtres jusqu'au jour où j'ai refusé de les servir plus longtemps. Ils m'ont alors envoyé en exil sur ce niveau. Peut-être le même sort t'a-t-il été réservé ? Le peuple de Melniboné sert le Chaos, n'est-ce pas ?

— Oui. Je connais Phum — une tache blanche sur la carte — au-delà du Désert des Larmes, du Désert des Soupirs, au-delà même de l'Elwher. L'un des Jeunes Royaumes les plus anciens.

— C'est exact. Je contesterai cependant que l'Est soit une tache blanche sur la carte, sinon pour les sauvages de l'Ouest. Ainsi tu es mon compagnon d'exil, semble-t-il.

— Je ne suis pas exilé. Je suis en mission. Et lorsque cette mission sera accomplie, je retournerai dans mon royaume.

— Tu parles de retour ? Cela m'intéresse, mon ami au visage pâle. Je croyais qu'une fois arrivé ici, l'on ne retournait jamais dans son royaume.

— Peut-être ; peut-être aussi ai-je été dupé. Et si tu n'as pas été capable de trouver un moyen d'accéder à un autre niveau, je n'en serai peut-être pas plus capable que toi.

— Capable ? Je n'ai plus aucun pouvoir depuis que je ne sers plus le Chaos. Alors, as-tu l'intention de te battre avec moi ?

— Il y a sur ce niveau une seule personne avec qui j'ai l'intention de me battre, mais ce n'est pas toi, Prêtre Guerrier de Phum.

Elric rengaina, et celui dont il ne connaissait que la voix apparut de derrière le rocher. Tendant son arc pourpre, il tremblait légèrement.

— Je m'appelle Rackhir, dit l'homme. On me surnomme l'Archer Rouge car, comme tu le vois, j'aime le pourpre. C'est la coutume des Prêtres Guerriers de Phum de porter une couleur unie. C'est la seule tradition à laquelle je sois resté fidèle.

Il avait un justaucorps pourpre, des braies pourpres, des souliers pourpres, une coiffe pourpre surmontée d'une plume pourpre. Son arc était pourpre, le pommeau de son épée avait les reflets du rubis. Son visage au profil aquilin était décharné — un visage basané. Il était grand, mince, mais les muscles ondulaient tout au long de ses bras et de son torse. Dans ses yeux se lisait une certaine ironie et sur ses lèvres un sourire, bien que ce fussent les yeux et les lèvres d'un homme qui avait traversé de nombreuses épreuves, souvent particulièrement rudes.

— Un endroit inattendu pour accomplir une mission, dit l'Archer Rouge, les poings sur les hanches, en dévisageant Elric. Mais je suis prêt à conclure un pacte avec toi, si cela t'intéresse.

— Si les clauses de ce pacte me conviennent, archer, je suis d'accord, car tu sembles mieux connaître ce royaume que moi.

— Eh bien... tu es venu chercher quelque chose, après quoi tu repartiras. Moi, je n'ai absolument rien à faire ici, et je désire m'en aller. Si je t'aide dans tes recherches, m'emmèneras-tu avec toi lorsque tu retourneras dans ton royaume ?

— Cela me semble être un marché tout à fait honnête, mais je ne peux te promettre ce que je ne suis pas en mesure de te donner. Je te dirai seulement ceci : si je suis en mesure de t'emmener avec moi sur mon niveau après avoir accompli cette mission, ou même avant, je le ferai.

— Voilà qui est équitable, dit Rackhir, l'Archer Rouge. Maintenant, dis-moi ce que tu cherches.

— Je cherche deux épées qui ont été forgées par des immortels il y a de cela des millénaires, des épées que mes ancêtres ont portées, puis abandonnées sur ce niveau. Ce sont de larges épées noires runiques, elles sont très lourdes. On m'a dit que je les trouverais dans la Caverne des Palpitations, qui se situe à la sortie du Tunnel sous le Marais. Connais-tu ces lieux ?

— Non. Je n'ai pas entendu parler de ces deux épées noires non plus, dit Rackhir en se frottant le menton. Mais je me rappelle avoir lu dans un des Livres de Phum quelque chose qui m'avait étonné...

— Ces épées sont légendaires. Nombre de livres en parlent, presque toujours avec mystère. Un tome rapporterait l'histoire de ces épées et de tous ceux qui les ont portées et de tous ceux qui les porteront, un livre éternel. Certains l'appellent la Chronique de l'Epée Noire, où les hommes peuvent soi-disant voir inscrit leur destin.

— Je ne connais pas ce livre non plus. Tout ce que je sais, c'est que ce n'est pas un des Livres de Phum. J'ai bien peur, camarade Elric, que nous n'ayons à nous aventurer dans la Cité d'Ameeron pour nous renseigner auprès de ses habitants.

— Il y a une cité sur ce niveau ?

— Oui. J'y suis resté quelque temps, mais j'ai préféré la nature. Mais avec un ami, je pourrais peut-être y rester un peu plus longtemps.

— Pourquoi n'aimes-tu pas Ameeron ?

— Parce que ses habitants n'ont pas l'air heureux. Ils ont cet air déprimé et déprimant des exilés, des réfugiés ou des voyageurs qui ont perdu leur route et ne l'ont jamais retrouvée. Personne ne choisit de vivre à Ameeron.

— Une véritable Cité des Damnés, en quelque sorte.

— En termes poétiques, oui, fit Rackhir en lançant un coup d'œil moqueur à Elric. Mais parfois je pense que l'on peut dire la même chose de toutes les cités.

— Quel est ce niveau où il n'y a, autant que je puisse en juger, ni planètes, ni lune, ni soleil, et qui ressemble à une grande caverne ?

— Il est des gens pour dire en effet que c'est une sphère creusée dans la roche. Il y en a d'autres pour dire que ce niveau se situe dans le futur de notre Terre — un futur qui aurait vu la chute de l'Univers. J'ai entendu mille théories au cours de mon bref séjour dans la Cité d'Ameeron. Mille théories aussi valables les unes que les autres, toutes plausibles à mon avis. Pourquoi pas, d'ailleurs ? Il y en a qui croient que tout est Mensonge. Inversement, tout pourrait être Vérité.

Ce fut au tour d'Elric de faire remarquer, non sans quelque ironie :

— L'archer Rackhir de Phum serait-il aussi philosophe à ses heures ?

Rackhir éclata de rire.

— Si tu veux ! En tout cas, c'est le philosophe qui a trahi le Chaos et qui en est arrivé là. J'ai entendu parler d'une cité appelée Tanelorn, sur les rivages mouvants du Désert des Soupirs. Si je retourne un jour dans notre royaume, camarade Elric, je partirai à la recherche de cette cité, car on m'a dit que je pourrais y trouver la paix. Là-bas, on ne recherche pas la Vérité ; on est simplement heureux d'y vivre.

— J'envie les habitants de Tanelorn, dit Elric.

Rackhir renifla.

— Oui, mais je serais probablement déçu si je découvrais cette cité. Les légendes doivent rester des légendes, il ne faut pas les démythifier. Suis-moi. Là-bas se trouve Ameeron, une cité comme la plupart des cités, aussi triste que cela puisse être de le dire.

Les deux hommes à la haute taille, tous deux exilés, mais pour des motifs différents, se mirent en route. Ils allaient affronter les ténèbres de ce pays désertique.

2

LA CITÉ D'AMEERON

La Cité d'Ameeron surgit soudain devant eux. Elric n'avait jamais vu une telle saleté ; Dhoz-Kam semblait propre, et même prospère en comparaison. Ameeron était située dans une petite vallée au-dessus de laquelle s'étirait un éternel nuage de fumée : un voile fait de lambeaux immondes qui protégeait la cité des regards des hommes et des dieux.

Ce n'était plus que vestiges de maisons ou amas de pierres, au milieu desquelles se dressaient des cabanes et des tentes. Tous les styles d'architecture étaient représentés — certains familiers à Elric, d'autres pas du tout. Aucune unité dans cet assemblage : des cabanes côtoyaient des châteaux, des chaumières des tours et des forts, des maisons simples des cabanes en bois aux riches sculptures. Certaines constructions se réduisaient à un tas de pierres au milieu desquelles une ouverture avait été pratiquée en guise de porte. Mais aucune d'entre elles n'attira l'attention des visiteurs. D'ailleurs, comment pouvait-il en être autrement sous ce ciel éternellement lugubre ?

Des colonnes de fumée qui s'élevaient çà et là venaient ajouter à l'obscurité. C'est une véritable puanteur qui saisit Elric et Rackhir à la gorge.

— La plupart des habitants d'Ameeron sont arrogants plus que fiers, dit Rackhir en fronçant son nez d'aigle, lorsqu'ils ont encore quelque trait de caractère.

Elric enjambait les immondices. Des ombres se mouvaient parmi les constructions.

— Il y a peut-être une auberge où nous pourrons demander des renseignements sur le Tunnel sous le Marais.

— Il n'y a pas d'auberge. En général les habitants restent chez eux...

— Il n'y a aucun lieu où se retrouvent les gens ?

— Il n'y a pas de centre. Chaque habitant ou groupe d'habitants construit sa maison là où il veut, ou bien là où il y a encore de la place. Ces habitants sont de tous âges et de toutes contrées, ce qui explique le manque d'unité des constructions et leur décrépitude, ainsi que la saleté, le désespoir et la décadence de ceux qui y habitent.

» Ils vivent en général aux crochets les uns des autres. Ils traitent avec les démons qui visitent Ameeron de temps à autre...

— Des démons ?

— Oui. Et les plus courageux font la chasse aux rats dans les cavernes souterraines.

— Quels sont ces démons ?

— De simples créatures, des favoris des Seigneurs du Chaos principalement, qui réclament aux Ameeroniens toutes sortes de choses que ceux-ci sont en mesure de leur procurer : une âme volée ou deux, un bébé peut-être (bien que les naissances soient rares ici), et tu peux imaginer le reste si tu sais ce que les démons demandent aux sorciers.

— Oui, je l'imagine. Ainsi le Chaos peut aller et venir à sa guise sur ce niveau ?

— Je ne crois pas que ce soit si simple que cela. Mais c'est certainement plus simple pour les démons d'aller et venir sur ce niveau que sur le nôtre.

— As-tu déjà vu l'un d'eux ?

— Oui. Un de ces démons à l'air bestial, grossier, stupide et puissant. La plupart d'entre eux étaient de simples humains avant de conclure le pacte avec le Chaos. Ils ont aujourd'hui revêtu la forme repoussante des démons.

Mais la réponse de Rackhir n'avait pas encore satisfait Elric, qui posa une nouvelle question :

— Est-ce là le destin de tous ceux qui signent un pacte avec le Chaos ?

— Tu devrais le savoir, puisque tu viens de Melniboné. Je sais qu'à Phum c'est chose rare. Mais plus l'enjeu est grand, plus profonde est la métamorphose de l'homme avec qui le Chaos accepte de traiter.

Elric soupira.

— Où allons-nous donc pouvoir trouver ces fameux renseignements relatifs au Tunnel sous le Marais ?

— Il y a un vieillard... commença Rackhir, mais il se tut en entendant un grognement derrière lui.

Au premier grognement succéda un second.

Un visage aux dents en saillie émergea de derrière un pan de mur. Nouveau grognement.

— Qui êtes-vous ? fit Elric, la main sur son épée.

— Un porc, répondit le visage aux dents saillantes. Elric ne savait pas si c'était une insulte ou l'exacte vérité.

— Un porc.

Deux autres visages aux dents saillantes émergèrent dans l'obscurité.

— Un porc, dit l'un des visages.

— Un serpent, fit une autre voix derrière Elric et Rackhir. Celui-ci observait toujours les porcs. Elric se retourna. Un grand jeune homme était là. Et là où aurait dû être sa tête se dressaient une quinzaine de gros serpents dont chacun le fixait. Ils dardaient leur langue. Et tous ouvrirent leur gueule pour dire en chœur : Un serpent.

— Un objet, fit une autre voix. Elric regarda vers l'endroit d'où venait la voix. Suffoquant de stupéfaction, il dégaina son épée, et fut pris soudain d'une irrésistible envie de vomir.

Et les Porcs, Serpents et Objets de foncer sur eux.

Rackhir tira sur un Porc avant que celui-ci ait pu faire trois pas. Son arc était dans son dos, et en l'espace d'une seconde il avait pris une flèche rouge, l'avait encochée et avait tiré. Il eut même le temps de tuer un autre Porc. Il dégaina ensuite son épée. Dos à dos, Rackhir et Elric se préparaient à parer l'attaque des démons. Le Serpent était un piètre combattant, avec ses quinze têtes qui sifflaient et ses quinze gueules qui crachaient le venin. L'Objet était cette forme intangible — un bras, puis un visage émergeant de cette masse de chair informe qui se rapprochait inexorablement.

— Objet, cria la masse. Deux épées pointèrent alors leur fer vers Elric, aux prises avec le dernier Porc survivant. L'albinos venait de manquer son coup et, au lieu d'atteindre le Porc au cœur, il le frappa au poumon. Le Porc vacilla et s'écroula au milieu des immondices. Il eut encore la force de ramper sur quelques mètres, puis s'immobilisa. L'Objet asséna un coup qu'Elric réussit à parer de justesse du plat de son épée. Rackhir, de son côté, était aux prises avec le Serpent. Les deux démons s'acharnaient sur les hommes, ils avaient hâte d'en finir avec eux. La moitié des têtes du Serpent gisaient sur le sol, en proie à d'atroces douleurs. Elric avait réussi à trancher une main de l'Objet, mais le démon semblait en posséder trois autres. Il semblait être la synthèse de plusieurs créatures. Elric se demanda s'il allait, lui aussi, devenir un de ces démons, un de ces monstres horribles, pour avoir signé un pacte avec Arioch. Mais n'était-il pas déjà une sorte de monstre ? Les gens ne le prenaient-ils pas déjà pour un démon ?

Ces pensées lui rendirent son énergie. Poursuivant le combat, il hurla :

— Elric !

— Objet ! répondit son adversaire, voulant aussi imposer son individualité, ou ce qu'il considérait être l'essence de son individualité.

Une autre main vola sous le coup de l'épée d'Aubec. Un autre javelot fendit l'air pour finalement manquer sa cible. Une autre épée s'abattit sur le heaume d'Elric avec une telle force qu'il vacilla et alla heurter Rackhir, qui manqua alors sa cible et fut mordu par quatre des têtes du Serpent. Elric tenta de porter un coup au bras et aux tentacules qui tenaient l'épée. Il frappa alors dans le vide : le bras avait disparu. Repris par cette envie de vomir, il frappa dans la masse, qui hurla aussitôt :

— Objet ! Objet ! Objet !

Elric frappa de nouveau. Quatre épées et deux javelots furent alors brandis pour parer le coup.

— Objet !

— Tout cela, c'est l'œuvre d'Yyrkoon, dit Elric. Sans aucun doute. Il a appris que j'étais à sa poursuite et il tente de nous arrêter avec l'aide de ses alliés les démons. Il poursuivit entre ses dents : A moins que l'un de ces démons ne soit Yyrkoon en personne. Etes-vous mon cousin Yyrkoon, Objet ?

— Objet... La voix était presque pathétique. Les armes s'entrechoquaient mais elles n'étaient plus pointées sur Elric.

— Ou bien êtes-vous un de mes vieux amis ?

— Objet...

Elric s'acharnait sur la masse, d'où jaillissait un sang à l'odeur nauséabonde qui éclaboussait son armure. Elric ne comprenait pas pourquoi il avait eu si peu de peine à attaquer le démon.

— Vite, maintenant ! cria une voix au-dessus d'Elric.

Il leva les yeux. Il vit alors un visage pourpre, une barbe blanche, un bras qui s'agitait.

— Ne me regarde pas ainsi, idiot. Maintenant, frappe !

Elric prit la garde de son épée de ses deux mains et enfonça la lame dans la masse informe. Il y eut un gémissement, un sanglot puis un murmure :

— Frank... et enfin le silence de la mort.

Au même moment Rackhir frappait au-dessous des têtes de serpents et enfonçait sa lame dans la poitrine et le cœur du jeune homme. Le dernier démon venait de mourir.

L'homme à la barbe blanche descendait des ruines de l'arcade sur laquelle il était perché. Il riait.

— Le sorcier Niun est encore puissant, même ici, n'est-ce pas ? J'ai entendu l'autre invoquer ses amis les démons et leur dire de vous régler votre compte. Moi, je ne trouvais pas le combat équitable — cinq contre deux — aussi me suis-je assis sur le haut de ce mur pour épuiser la force du démon aux bras multiples. Je suis encore puissant. J'ai encore quelque pouvoir. Et maintenant, c'est moi qui ai sa force (ou du moins une grande partie), et je me sens beaucoup mieux.

— Il a prononcé *Frank*, dit Elric, les sourcils froncés. Pensez-vous qu'il s'agisse d'un nom ? Le nom qu'il portait jadis ?

— Peut-être, dit le vieux Niun. Peut-être. Pauvre créature ! De toute façon, il est mort maintenant. Vous n'êtes pas d'Ameeron, tous les deux — quoique je t'aie déjà vu ici, toi l'Archer Rouge.

— Moi aussi, répondit Rackhir dans un sourire. Il essuya sur sa lame le sang du Serpent avec une de ses têtes. Vous êtes Niun. Celui Qui Jadis Savait Tout.

— Oui. Celui Qui Jadis Savait Tout, mais qui sait bien peu de choses aujourd'hui. Bientôt tout cela sera du passé, lorsque j'aurai tout oublié. Je pourrai alors revenir de cet exil infernal. Telles sont les clauses du pacte que j'ai conclu avec Orland. J'étais assez stupide pour vouloir tout savoir et ma curiosité m'a entraîné dans cette aventure avec Orland. Celui-ci m'a alors démontré que je me fourvoyais et il m'a envoyé ici pour que j'oublie. Malheureusement, comme vous avez pu le remarquer, je me rappelle encore parfois certains de mes pouvoirs et de mes connaissances. Je sais que vous cherchez les Epées Noires. Je sais que tu es Elric de Melniboné. Je connais ton destin.

— Vous connaissez ma destinée ? demanda Elric avec empressement. Dites-moi quelle est cette destinée, Niun Qui Jadis Savait Tout !

Niun ouvrit la bouche comme pour parler, puis la referma.

— Non, dit-il, j'ai oublié.

— Non ! cria Elric, qui semblait prêt à agripper le vieillard. Non ! Vous vous rappelez ! Je sais que vous vous rappelez !

— J'ai oublié, fit Niun en baissant la tête.

Rackhir saisit Elric par le bras.

— Il a oublié, Elric.

Elric hocha la tête.

— Très bien...

Puis il continua :

» Mais vous rappelez-vous où se trouve le Tunnel sous le Marais ?

— Oui. Ce n'est pas loin d'Ameeron, du Marais lui-même. Vous prenez cette direction. Ensuite vous cherchez une statue d'aigle en marbre noir. L'entrée du Tunnel se trouve au pied de la statue. Et Niun répéta ses paroles. Lorsqu'il leva les yeux, son visage était moins grave. Qu'est-ce que je viens de vous dire ?

Elric lui dit alors :

— Vous nous avez expliqué comment atteindre l'entrée du Tunnel sous le Marais.

— Ah oui ? fit Niun en frappant dans ses mains de vieillard. Magnifique. Cela, je l'ai oublié aussi. Qui êtes-vous ?

— Il vaut mieux que vous l'oubliiez aussi, dit Elric avec un léger sourire. Adieu, Niun, et merci.

— Merci pour quoi ?

— Merci de vous être rappelé et d'avoir ensuite oublié.

Ils quittèrent le vieux sorcier et traversèrent la

misérable cité d'Ameeron. Un visage étrange les regardait toujours par l'embrasure d'une porte ou parfois d'une fenêtre. Ils essayaient de respirer le moins possible cet air vicié.

— Je crois que la seule personne que j'envie dans ce lieu de désolation, c'est Niun, dit Rackhir.

— Moi, je le plains, répondit Elric.

— Pourquoi ?

— Je pense que lorsqu'il aura tout oublié, il aura aussi oublié qu'il peut quitter Ameeron.

Rackhir éclata de rire et donna une tape amicale sur l'armure noire de l'albinos.

— Tu es pessimiste, mon ami Elric. Es-tu toujours aussi pessimiste ?

— J'ai bien peur que oui, dit Elric en esquissant un sourire.

3

LE TUNNEL SOUS LE MARAIS

Ils poursuivirent leur chemin dans ce désert de ténèbres pour arriver finalement sur le bord du marais. Trou d'ombre obscure envahi par de noirs joncs, et sur lequel régnait un froid humide. Une nappe de brume sombre habitée par des ombres éphémères s'étirait au-dessus. Une chose noire, qui ne pouvait être que la statue décrite par Niun, se dressait là, immobile.

— La statue, dit Rackhir en se penchant en avant. Elle se trouve au milieu du marais, et il n'y a manifestement aucun moyen d'accès. Penses-tu que cela pose un problème, camarade Elric ?

Elric fit quelque pas prudents dans l'eau stagnante : il enfonçait dans la vase. Il revint sur le bord non sans quelque difficulté.

— Il y a sûrement un chemin, fit Rackhir en promenant ses doigts sur son nez aquilin.

» Comment, autrement, ton cousin aurait-il traversé ?

Elric tourna la tête vers l'Archer Rouge et haussa les épaules.

— Qui sait ? Peut-être est-il avec des sorciers pour qui les marais n'ont aucun secret.

Elric s'assit brusquement sur le sol humide. L'odeur du marais semblait l'indisposer. Il se sentait faible. L'effet des drogues qu'il avait prises en franchissant la Porte des Ténèbres commençait à s'estomper.

Rackhir s'approcha de l'albinos. Il lui souriait, d'un sourire quelque peu railleur.

— Eh bien, le Sorcier ne pourrait-il pas invoquer aussi l'aide d'un démon ?

Elric hocha la tête.

— Je ne sais que très peu de choses pour ce qui est de l'évocation des esprits. Yyrkoon, lui, a emporté tous ses grimoires, ses incantations favorites, ses lettres d'introduction auprès des royaumes des démons. Il nous faudra trouver un chemin ordinaire pour accéder à cette statue, Prêtre Guerrier de Phum.

Celui-ci sortit un mouchoir de dessous sa tunique et se moucha. Lorsque l'opération fut terminée, il tendit la main à Elric pour l'aider à se relever, et ils se mirent à longer le marais, sans perdre de vue la statue noire.

Ils devaient finalement trouver un sentier. Non un sentier naturel, mais un sentier de marbre noir qui s'avançait dans la vase, un sentier glissant.

— Je parierais que c'est une fausse piste, un guet-apens, dit Rackhir en contemplant ce chemin. Mais qu'avons-nous finalement à perdre ?

— Viens ! fit Elric en s'engageant sur le sentier. Il tenait à la main une torche de fortune, faite d'un fagot de roseaux secs qui dégageait plus de fumée qu'il ne donnait de lumière, mais c'était cependant préférable à l'obscurité totale.

Rackhir le suivait, son arc en guise de sonde. Il sifflait un air dans lequel tout autre représentant de sa race eût reconnu *La Chanson du Fils du Héros de l'Enfer d'En-Haut qui Va Sacrifier sa Vie*, une chanson populaire de Phum, surtout parmi les Prêtres Guerriers.

Elric n'aimait pas cet air, qui l'agaçait, mais il ne dit mot. Son seul souci était de ne pas tomber, car maintenant il avait l'impression d'être ballotté par les flots.

Ils n'étaient plus qu'à mi-chemin de la statue, qui devenait plus distincte : un grand aigle aux ailes déployées, aux serres et au bec menaçants. Un aigle de la même couleur que le sentier où les deux hommes exerçaient leur sens de l'équilibre. En voyant cette statue, Elric pensa à une tombe. Etait-ce parce qu'un ancien héros avait été enterré ici, ou bien parce que dans cette tombe étaient cachées les Epées Noires, enfermées même, afin qu'elles ne puissent réintégrer le monde des hommes et dérober leur âme ?

Les secousses devenaient plus violentes. Elric tenta de conserver son équilibre, mais il glissa sur un pied, puis sur l'autre. La torche s'agitait follement. Il dérapa finalement sur le marbre noir et alla s'embourber dans la vase.

Il s'enfonçait lentement.

Ayant cependant réussi à sauver sa torche, il aperçut l'archer à l'habit rouge qui le cherchait des yeux.

— Elric ?

— Je suis ici, Rackhir.

— T'enfonces-tu ?

— Oui. Le marais semble avoir pour dessein de m'engloutir.

— Peux-tu t'allonger ?

— Je peux mettre mon buste à plat, mais mes jambes sont prisonnières. Elric essayait de se débattre dans la vase. Quelque chose fila devant lui en murmurant des mots incompréhensibles. Elric s'efforça de contrôler cette panique qui s'emparait de lui. Je crois que tu vas devoir passer ton chemin sans te préoccuper de moi, mon ami Rackhir.

— Quoi ? Et laisser ainsi passer l'occasion de m'enfuir de ce royaume ? Tu me crois plus égoïste que je ne suis, camarade Elric. Tiens... Rackhir se baissa prudemment pour tendre la main à son compagnon. Les deux hommes étaient maintenant couverts de vase et grelottaient de froid. Rackhir tendait la main en avant, toujours plus loin, Elric de son côté se penchait toujours davantage pour tenter d'attraper la main de Rackhir, mais en vain.

Et il s'enfonçait un peu plus chaque seconde dans la vase nauséabonde.

Rackhir prit alors son arc et le tendit à Elric.

— Attrape-le, Elric. Y arrives-tu ?

S'étirant de tout son long, Elric réussit à attraper l'arc.

— Maintenant je dois... Ah ! Alors que Rackhir tirait sur l'arc, son pied glissa et de violentes secousses ébranlèrent de nouveau le chemin. Agrippant d'une main la bordure du sentier et de l'autre son arc, il cria :

— Vite, Elric, vite !

Elric commença à se dégager péniblement. Les secousses étaient toujours aussi violentes. Rackhir essayait désespérément de ne pas lâcher prise. Il était aussi pâle qu'Elric. L'albinos rampa jusqu'au sentier. La torche brûlait toujours. Elric restait affalé, couvert de vase, à bout de souffle.

Rackhir aussi était épuisé, mais il eut encore la force de rire.

— Quelle belle prise ! s'exclama-t-il. C'est le plus gros poisson que j'aie jamais vu !

— Merci, l'Archer Rouge. Merci, Prêtre Guerrier de Phum, de m'avoir sauvé la vie, dit Elric après quelques minutes de silence. Et je te jure que je ferai tout mon possible pour te faire franchir la Porte des Ténèbres et te ramener dans le monde qui est le nôtre, quelle que soit l'issue de ma mission.

Rackhir répondit sur un ton très calme :

— Tu es un homme digne de ce nom, Elric de Melniboné. Et c'est pour cela que je t'ai porté secours. Les véritables hommes sont rares.

Il haussa les épaules, puis regarda Elric avec un grand sourire.

» Maintenant, je serais d'avis de marcher à quatre pattes pour atteindre la statue. Ce n'est peut-être pas là une posture pleine de dignité, mais c'est plus sûr. Et puis ce ne sera pas long.

Elric fut d'accord.

Ils devaient bientôt arriver ainsi sur une petite île couverte de mousse. C'est là précisément que se trouvait l'imposante Statue de l'Aigle qui s'élançait dans la voûte obscure du ciel, ou de la caverne peut-être, nul ne savait. Et, au bas du socle, il y avait une porte ouverte.

— Est-ce un piège ? murmura Rackhir.

— Ou bien Yyrkoon croit-il que nous avons péri à Ameeron ? fit Elric en essayant de se débarrasser de la vase dont il était couvert. Puis il dit dans un soupir :

» Entrons, nous verrons bien !

Ils entrèrent donc.

Et se retrouvèrent dans une petite pièce. Promenant sa torche, Elric devait alors découvrir une autre porte dans un mur. Les autres murs, taillés dans ce marbre noir brillant, étaient nus. Il régnait un silence absolu.

Les deux hommes se taisaient. Ils se dirigèrent vers la porte d'un pas décidé, puis descendirent un escalier en colimaçon qui les conduisit loin, toujours plus loin dans les profondeurs des ténèbres. Toujours silencieux, ils arrivèrent enfin en bas de cet escalier interminable. Là, ils découvrirent l'entrée d'un étroit tunnel qui, par sa forme même, semblait être plutôt l'œuvre de la nature que celle de l'homme. Des gouttes d'eau tombaient au rythme des battements du cœur, écho hypothétique d'un bruit hypothétique dans le tunnel.

Rackhir s'éclaircit la voix.

— C'est sans doute le tunnel, dit-il, qui passe sous le marais.

Elric sentit que Rackhir, tout comme lui-même, hésitait à s'engager dans ce tunnel. Il restait là, sa torche à la main, à écouter les gouttes d'eau tomber et à essayer de déterminer l'origine d'un autre bruit plus lointain.

Puis il s'avança d'un air de défi. Il courait presque. Un grondement emplit soudain ses oreilles ; un grondement qui était le fruit de son imagination ou de la réalité ? Il entendit Rackhir marcher derrière lui. Il dégaina son épée, l'épée d'Aubec, qui appartenait maintenant à la légende. Les parois du tunnel, résonnant d'une myriade de bruits, se faisaient l'écho de son propre souffle.

Elric ressentit un frisson, mais il poursuivit sa course.

Il faisait chaud dans le tunnel. Le sol était spongieux, l'air empli d'iode. Puis les parois du tunnel se firent plus douces ; elles semblaient même s'animer d'un mouvement rapide et régulier. Derrière lui Rackhir suffoqua de stupéfaction.

— On dirait de la chair humaine, murmura le Prêtre Guerrier de Phum. De la chair humaine.

Elric ne répondit pas, trop préoccupé par ce qui l'attendait à chaque pas. Il était terrorisé. Tout son corps tremblait et ruisselait de sueur. Il sentait ses genoux se dérober sous lui. Il avait à peine la force de tenir son épée. Des souvenirs lui revenaient par bribes, des souvenirs qu'il refusait de se rappeler. Etait-il déjà venu ici ? Il tremblait de plus en plus. Des nausées l'envahissaient. Mais il continuait, tenant toujours sa torche à la main.

Le bruit devenait de plus en plus fort. A l'extrémité du tunnel, il aperçut dans le rocher une petite ouverture presque circulaire. Il s'arrêta, chancelant.

— Le tunnel s'arrête là, murmura Rackhir. Il ne va pas plus loin.

La petite ouverture palpitait.

— La Caverne des Palpitations, fit Elric à voix basse. Normalement, elle doit se trouver à l'extrémité du Tunnel sous le Marais. Ce doit être là l'entrée, Rackhir.

— Mais un homme ne peut pas y passer, Elric, fit pertinemment remarquer Rackhir.

— Si...

Elric avança jusqu'à l'ouverture et rengaina son arme. Il donna la torche à Rackhir, et, avant même que le Prêtre Guerrier de Phum ait pu l'arrêter, il avait déjà passé la tête par l'ouverture. Il était en train de s'y glisser, lorsqu'elle s'agrandit pour le laisser passer et se referma aussitôt derrière lui. Rackhir restait seul de l'autre côté.

Elric se releva lentement. Une faible lueur rose brillait sur une paroi. Devant lui se trouvait une autre ouverture, un peu plus grande que la précédente. L'air était chaud et lourd, un air très iodé qui l'asphyxia presque. Sa tête tournait et tous ses membres lui faisaient mal. Il n'avait plus la force de penser ni de réagir. Tel un somnambule, il se dirigea à pas hésitants vers cette autre entrée. Les palpitations résonnaient de plus en plus fort à ses oreilles.

— Elric !

Rackhir était derrière lui, pâle et couvert de sueur. Il avait abandonné la torche pour venir le rejoindre.

Elric passa sa langue sur ses lèvres sèches et essaya de parler.

Rackhir se rapprocha.

Elric lui dit d'une voix sourde :

— Rackhir, tu n'aurais pas dû me rejoindre.

— J'ai dit que je t'aiderais.

— Oui, mais...

— Et je suis là pour t'aider.

Elric n'avait plus la force de discuter ; il se contenta d'acquiescer d'un signe de la tête. De ses propres mains, il écarta les bords de la deuxième ouverture, qui n'offrirent aucune résistance. Il découvrit alors une caverne circulaire qui palpitait. Et, au centre de cette caverne, suspendues, deux épées. Deux épées identiques, deux belles épées noires à la taille imposante.

Et, surplombant ces épées, se trouvait le Prince Yyrkoon de Melniboné, tendant vers elles ses mains avides. Les paroles d'Elric moururent sur ses lèvres. Le seul mot qu'il fut capable de prononcer alors qu'il se hissait jusqu'au seuil de la Caverne des Palpitations fut :

— Non !

C'est alors qu'Yyrkoon l'entendit et se retourna, terrifié. Il poussa un grognement en apercevant Elric, puis un cri d'indignation :

— Non !

Elric dégaina l'épée d'Aubec au prix d'un terrible effort. Mais elle était devenue trop lourde, et tomba sur le sol. Elric resta là, le bras pendant. Il inspira de grandes bouffées d'air, de cet air lourd. Sa vue se troublait. Yyrkoon n'était plus qu'un fantôme. Mais les deux épées noires, au centre de la caverne circulaire, étaient toujours là. Elric entendit Rackhir entrer dans la caverne et s'approcher de lui.

— Yyrkoon, dit-il enfin, ces épées sont à moi.

Yyrkoon sourit et tendit la main vers les lames aux

faibles reflets métalliques, qui semblaient pousser un gémissement étrange. Elric vit alors les runes gravées sur le fer des épées. Un sentiment de peur s'empara de lui.

Rackhir encocha une flèche et banda son arc. La cible était Yyrkoon.

— S'il doit mourir, Elric, dis-le-moi.

— Tue-le ! ordonna Elric.

Et Rackhir tira.

Mais la flèche n'atteignit pas son but. Elle s'arrêta à mi-chemin entre l'archer et Yyrkoon.

Celui-ci se tourna vers lui dans un horrible sourire grimaçant :

— Les armes mortelles sont inoffensives ici !

Elric dit alors à Rackhir :

— Il a certainement raison. Et tu es en danger, Rackhir. Va-t'en !

Rackhir le regarda stupéfait.

— Non, je dois rester ici pour t'aider...

Elric hocha la tête.

— Tu ne peux plus m'aider. Tu es un homme mort si tu demeures ici plus longtemps. Va.

L'Archer Rouge débanda son arc à contrecœur, lança un regard plein de défiance aux deux épées noires, puis disparut.

— Et maintenant, Yyrkoon, fit Elric en laissant tomber l'épée d'Aubec, à nous deux.

4

LES DEUX ÉPÉES NOIRES

Les deux épées runiques s'abaissèrent.

Stormbringer se dirigea vers la main droite d'Elric, Mournblade vers la main droite d'Yyrkoon.

Les deux hommes se tenaient face à face. Chacun observa son adversaire, puis son épée.

Les lames chantaient, d'une voix faible mais distincte.

Elric souleva la gigantesque épée sans aucune peine et la retourna d'un côté et de l'autre pour admirer sa beauté.

— Stormbringer, dit-il.

Puis l'angoisse s'empara de lui.

Il eut cette angoissante impression de renaître, de renaître avec cette épée runique, cette impression de l'avoir toujours portée.

— Stormbringer.

L'épée gémit doucement et se fit plus douce dans sa main.

— Stormbringer ! hurla Elric en bondissant à la rencontre de son cousin. Stormbringer !

Et toujours cette angoisse, cette angoisse qui ne voulait pas le quitter ! Mais elle devint bientôt cette impulsion violente, ce besoin féroce de se battre et de tuer son cousin, de plonger sa lame dans le cœur d'Yyrkoon. Un besoin de vengeance, de sang, de mort.

— Mournblade ! C'était Yyrkoon qui venait de crier, dominant le murmure des épées et les palpitations de la caverne.

Mournblade para le coup de Stormbringer et riposta. Elric s'effaça, virevolta et tint Yyrkoon et Mournblade en respect pendant quelques instants. Nouvelles passes de part et d'autre. Les deux hommes et leurs épées étaient de même force. Les lames semblaient accomplir leur propre volonté, mais elles ne faisaient en fait qu'accomplir la volonté de ceux qui les maniaient.

Le cliquetis des armes devint bientôt un chant aux féroces accents métalliques entonné par les épées. Un chant plein de gaieté, comme si elles avaient été heureuses de croiser le fer de nouveau, bien que cet engagement dût les mettre face à face.

Elric ne voyait du Prince Yyrkoon que son visage sombre et féroce lorsqu'une lueur venait à l'éclairer. Il concentrait toute son attention sur les deux épées noires. L'enjeu de ce combat semblait être la vie d'un des deux hommes (peut-être même des deux). La rivalité entre Elric et Yyrkoon ne pouvait se comparer à la rivalité fraternelle entre les deux épées, qui semblaient même prendre un certain plaisir à rivaliser après tant de millénaires.

Lorsque Elric eut remarqué ce fait, toujours combattant — mais maintenant il se battait pour sauver son âme et sa vie —, sa haine implacable pour Yyrkoon s'affaiblit.

Il était toujours décidé à tuer son cousin, mais pas pour le plaisir d'un autre, pas pour le divertissement de ces épées.

Mournblade visa les yeux d'Elric, mais Stormbringer para le coup une fois de plus.

Elric ne se battait plus contre son cousin. Il se battait contre les épées, contre leur volonté.

Stormbringer pointa la gorge d'Yyrkoon. Mais Elric la rattrapa, sauvant ainsi la vie à son cousin. L'épée gémit alors — un gémissement presque plaintif — tout comme un chien à qui son maître interdit de mordre l'intrus.

Elric dit alors entre ses dents :

— Tu ne feras pas de moi ton pantin, épée runique ! Entendons-nous bien là-dessus, si nous devons œuvrer ensemble.

L'épée sembla hésiter et relâcha son attention. Elric eut quelque peine à parer l'attaque de Mournblade, qui semblait avoir remarqué l'occasion à saisir.

Elric sentit un courant d'énergie envahir son bras droit et se propager ensuite dans son corps tout entier. L'épée venait d'user de son pouvoir. Dès lors Elric n'avait plus besoin de drogues et ne devait plus sentir ses forces l'abandonner. En temps de guerre, il allait triompher, en temps de paix régner en Empereur orgueilleux. Il allait pouvoir voyager seul en toute sécurité. Tout cela, c'était l'épée elle-même qui semblait le lui rappeler, alors qu'elle ripostait à l'attaque de Mournblade.

Et l'épée, que devait-elle recevoir en retour ?

Elric alors l'apprit ; c'est elle qui le lui dit sans même avoir besoin de parler. Stormbringer avait besoin de se battre, c'était sa raison de vivre. Elle avait besoin de tuer, c'était son souffle de vie. Elle avait besoin de la vie et de l'âme des hommes, des démons et même des dieux.

Elric s'immobilisa quelques instants. Mais son cousin

bondissait sur lui en poussant un cri strident. Son heaume vola, et il fut projeté au sol. Il vit alors Yyrkoon saisir sa noire épée gémissante de ses deux mains pour la lui enfoncer dans le cœur.

Mais Elric se savait prêt à tout pour ne pas mourir — pour ne pas voir Mournblade lui dérober son âme et son énergie, qui viendrait alors s'ajouter à l'énergie du Prince Yyrkoon. Il roula de côté et se releva rapidement sur son genou pour parer le coup du Prince Yyrkoon. Mournblade vint frapper Stormbringer, qu'Elric tenait au-dessus de sa tête des deux mains — sa main gantée tenant la pointe, l'autre le pommeau. Ce fut un hurlement — comme un hurlement de douleur —, un frémissement, puis des reflets noirs projetés par les lames, pareils à du sang jaillissant d'un homme transpercé de toutes parts. Puis les reflets s'éteignirent. Elric, toujours à genoux, soupirant, suffoquant, cherchait Yyrkoon qui avait lui aussi disparu.

Elric sut alors que Stormbringer lui parlait de nouveau. S'il ne voulait pas succomber sous les coups de Mournblade, il devait accepter le marché que lui proposait l'Epée Noire.

— Il ne doit pas mourir ! s'écria Elric. Je ne vais pas le tuer pour te faire plaisir !

Yyrkoon s'élança à travers les lueurs tamisées de la caverne, brandissant son épée runique avec des grondements.

Une fois de plus Stormbringer s'échappa, une fois de plus Elric la rattrapa. Yyrkoon s'en était tiré avec une simple égratignure.

Stormbringer frémissait dans les mains d'Elric.

Elric dit alors :

— Je ne serai pas ton esclave.

Stormbringer sembla comprendre et recouvra son calme, comme réconciliée avec celui qui la maniait. Elric se mit à rire à la pensée qu'il était désormais maître de l'épée runique et que celle-ci se plierait à sa volonté.

— Nous allons désarmer Yyrkoon, fit Elric, mais sans le tuer. Et il se redressa.

Stormbringer évoluait, aussi rapide qu'une rapière, feintant, parant, ripostant. Celui qui affichait tout à l'heure un sourire triomphant reculait maintenant en grondant sous les coups de l'adversaire. Il ne souriait plus.

Stormbringer se battait maintenant pour Elric. Elle faisait les mouvements qu'Elric voulait faire. De leur côté, Yyrkoon et Mournblade semblaient déconcertés par la tournure que prenaient les événements. Elric frappa Yyrkoon au bras droit : la lame transperça l'étoffe, la chair, le muscle et l'os. Le sang jaillit et ruissela sur la garde de son épée. Le liquide rouge visqueux empêchait Yyrkoon de tenir convenablement son épée. Il la prit alors des deux mains, mais celles-ci glissaient toujours sur le pommeau. Il disparut à travers la Caverne des Palpitations.

Elric sourit. Il venait de l'emporter sur sa propre épée, et donc sur l'autre également.

Mournblade se planta dans le mur de la Caverne des Palpitations, puis s'immobilisa.

Un grognement sembla alors s'échapper de l'épée runique. Un hurlement strident traversa la Caverne des Palpitations. L'obscurité s'abattit sur l'étrange lueur rose pour finalement l'engloutir.

Lorsque la lueur revint, Elric aperçut un fourreau à ses pieds. Un fourreau noir de la même facture que l'épée runique. Yyrkoon était là. Le prince était agenouillé, secoué par des sanglots. Ses yeux cherchaient Mournblade. Les mêmes yeux emplis de terreur regardèrent Elric, comme si Yyrkoon eût été conscient de ce que son heure avait sonné.

— Mournblade ? fit la voix désespérée d'Yyrkoon. Il savait qu'il devait mourir.

Mais Mournblade avait disparu de la Caverne des Palpitations.

— Ton épée s'en est allée, dit Elric d'un ton très calme.

Yyrkoon, toujours pleurnichant, tenta d'atteindre la sortie de la caverne. Mais l'ouverture n'était plus qu'un petit trou guère plus gros qu'une pièce de monnaie. Yyrkoon fondit en larmes.

Stormbringer frémissait, comme avide de boire le sang d'Yyrkoon. Elric s'agenouilla.

Yrkoon se mit à bredouiller :

— Ne me tue pas, Elric, pas avec cette épée. Je ferai tout ce que tu voudras. Mais je ne veux pas mourir de cette mort-là.

Elric répondit :

— Nous sommes victimes d'une conspiration, mon cousin, d'une conspiration des dieux, des démons et des épées. Ils veulent la mort de l'un de nous deux. Je pense que c'est ta mort qu'ils veulent, plutôt que la mienne. Et c'est pour cette raison que je ne te tuerai pas ici.

Il ramassa le fourreau et y glissa Stormbringer, qui s'apaisa aussitôt. Elric ôta son vieux fourreau et chercha l'épée d'Aubec, mais elle aussi avait disparu. Accrochant le nouveau fourreau à son ceinturon, il porta sa main sur le pommeau de Stormbringer, et contempla celui qui était son cousin, non sans quelque pitié.

— Tu es un piètre personnage, Yyrkoon. Mais est-ce réellement ta faute ?

Yyrkoon le regarda stupéfait.

» Si tu avais tout ce que tu désires, serais-tu toujours ce piètre personnage, mon cousin ? Je me le demande.

Yyrkoon se releva avec une lueur d'espoir dans les yeux.

Elric sourit et poussa un profond soupir.

» C'est ce que nous verrons, poursuivit-il. Tu dois maintenant arracher Cymoril à son sommeil magique.

— Tu m'as humilié, Elric, fit Yyrkoon d'un ton pitoyable. Je la réveillerai. Ou bien...

— Peux-tu rompre le pacte que tu as conclu avec les démons ?

— Nous ne pouvons plus sortir de la Caverne des Palpitations. Il est trop tard...

— Quoi ?

— Je ne pensais pas que tu me suivrais jusqu'ici. Et puis j'ai cru que je pourrais en finir avec toi assez rapidement. Mais maintenant l'heure est passée. L'entrée ne peut rester ouverte que très peu de temps. Ceux qui veulent pénétrer dans la Caverne des Palpitations le peuvent toujours, mais ceux qui veulent en sortir resteront prisonniers maintenant que le délai que m'ont octroyé les démons est dépassé. J'avais eu tant de mal à apprendre cette incantation !

— Tu te donnes toujours trop de mal, fit Elric. Il se dirigea vers l'entrée et regarda par le petit orifice de la paroi. Rackhir était de l'autre côté. L'Archer Rouge avait l'air anxieux. Elric lui dit alors :

— Prêtre Guerrier de Phum, je crois que nous sommes prisonniers de la Caverne, mon cousin et moi. L'ouverture a disparu.

Elric toucha du bout du doigt la paroi humide. Elle ne s'agrandirait pas.

» Il ne te reste plus, je crois, qu'à te joindre à nous, ou bien à partir. En décidant de te joindre à nous, tu auras choisi de partager notre sort.

— Mon sort ne sera guère meilleur si je m'en retourne, dit Rackhir. Avez-vous quelques chances de sortir de là ?

— Une seule, répondit Elric. Je peux encore invoquer mon protecteur.

— Un Seigneur du Chaos ? demanda Rackhir avec une grimace.

— Exactement, fit Elric. Arioch.

— Arioch ? Mais il ne se soucie guère des renégats de Phum.

— Que décides-tu alors ?

Rackhir fit un pas en avant. Elric recula. Et dans l'ouverture apparut la tête de Rackhir, puis ses épaules, et enfin Rackhir tout entier. L'ouverture se referma aussitôt. Rackhir se redressa et débanda son arc.

— J'ai décidé de partager ton destin. J'ai juré de m'enfuir de ce niveau, déclara l'Archer Rouge.

Il parut surpris en voyant Yyrkoon.

» Tu n'as pas tué ton ennemi ?

— Non.

— Tu es bon !

— Peut-être. Ou bien obstiné. Je ne voudrais pas le tuer simplement parce que quelques surnaturels l'ont utilisé comme gage, pour exiger de moi sa mort si je l'emportais sur lui. Je ne suis pas encore tout à fait esclave des Seigneurs d'En-Haut, et je ne le serai pas tant que je pourrai encore leur résister.

Rackhir sourit.

— Je suis d'accord avec toi, mais je demeure un peu sceptique. Je vois l'une de ces épées noires accrochée à ton ceinturon. Ne pourrait-elle pas te servir pour sortir d'ici ?

— Non, fit Yyrkoon, appuyé contre la paroi. Les parois de la Caverne des Palpitations sont indestructibles.

— Je te crois, fit Elric. De toute façon, je n'ai pas l'intention de dégainer souvent cette nouvelle épée. Je dois d'abord apprendre à la maîtriser.

— Alors, il faut invoquer Arioch, soupira Rackhir.

— Si je peux, répondit Elric.

— Il me tuera, sans aucun doute, poursuivit Rackhir en regardant Elric dans l'espoir que celui-ci démentirait ce qu'il venait de dire.

Elric avait un air grave.

— Peut-être pourrais-je conclure un pacte avec lui. Cela me permettrait de vérifier quelque chose.

Il tourna ensuite le dos à Rackhir et à Yyrkoon pour se concentrer. Son esprit traversa alors de vastes espaces et d'inextricables labyrinthes. Puis il cria :

— Arioch ! Arioch ! Aide-moi, Arioch !

Il eut l'impression que quelque chose l'écoutait.

— Arioch !

Quelque chose se mouvait à travers les espaces que parcourait son esprit.

— Arioch...

C'est alors qu'Arioch l'entendit. Il savait que c'était lui.

Rackhir poussa un hurlement d'horreur ; Yyrkoon cria également. Elric se retourna et vit une chose repoussante près du mur du fond. Une chose noire, immonde, qui bavait et dont la vue était insupportable. Arioch ? Etait-ce possible ? Arioch était beau. Mais peut-être était-ce là son image véritable. Sur ce niveau, et dans cette caverne, Arioch ne pouvait abuser personne.

Puis cette forme hideuse s'estompa, et soudain apparut un beau jeune homme aux yeux de vieillard qui contemplaient les trois mortels.

— Cette épée est désormais à toi, Elric, déclara Arioch sans même regarder les deux autres. Je te félicite. Mais tu n'as pas tué ton cousin. Pourquoi cela ?

— Pour plusieurs raisons, répondit Elric. Mais disons que je ne l'ai pas tué afin qu'il aille réveiller Cymoril.

Un léger sourire mystérieux se dessina sur les lèvres d'Arioch. Elric se rendit alors compte qu'il avait évité de commettre une erreur. En effet, s'il avait tué Yyrkoon, Cymoril ne se fût jamais réveillée.

— Et que fait ce traître avec toi ? demanda Arioch en lançant un regard glacial vers Rackhir, qui s'efforça de ne pas baisser les yeux.

— C'est mon ami, répondit Elric. J'ai conclu un pacte avec lui. Ce pacte stipule que s'il m'aidait à trouver l'Epée Noire, je le ramènerais avec moi sur notre niveau.

— C'est impossible. Rackhir a été envoyé en exil ici. C'est son châtiment.

— Je le ramènerai, déclara Elric. Il décrocha le fourreau de Stormbringer de son ceinturon et sortit l'épée. Sinon je n'emporterai pas cette épée. Et, sans elle, nous resterons ici tous les trois.

— Voilà qui n'est pas raisonnable, Elric. Penses-tu à tes responsabilités ?

— J'y ai pensé. Mais ma décision est prise.

Arioch montra quelque courroux.

— Tu dois emporter cette épée. Telle est ta destinée.

— C'est ce que vous prétendez. Mais maintenant, je sais qu'il n'y a que moi qui puisse la porter. Vous ne le pouvez pas, Arioch, sinon vous l'auriez déjà prise. Il n'y a que moi — ou tout autre mortel — qui puisse la sortir de la Caverne des Palpitations, n'est-ce pas ?

— Tu es astucieux, Elric de Melniboné ! fit Arioch sur un ton admiratif et railleur à la fois.

» Et tu es un bon serviteur du Chaos. Très bien ! Ce traître peut aller avec toi. Mais je lui conseille la prudence : les Seigneurs du Chaos sont rancuniers...

— Je sais, Seigneur Arioch, fit Rackhir d'une voix rauque.

Arioch ne prêta pas attention à l'archer.

— L'habitant de Phum n'est pas gênant, après tout. Et si tu ne veux pas tuer ton cousin, eh bien, ne le tue pas. Peu importe. La destinée peut très bien s'accomplir tout en subissant quelques entorses.

— Alors, tout est bien, répondit Elric. Faites-nous sortir d'ici.

— Où allez-vous ?

— A Melniboné, évidemment.

Arioch regarda Elric avec un sourire empli de tendresse et, de sa douce main, caressa sa joue. Arioch était devenu deux fois plus grand qu'il ne l'était lorsqu'il avait fait son apparition.

— Tu es certainement mon serviteur favori, fit le Seigneur du Chaos.

Puis il y eut un tourbillon, un bruit pareil au grondement des vagues. Les trois hommes furent pris d'une nausée soudaine.

C'étaient ces trois hommes qui, un peu plus tard, se tenaient dans la grande salle du trône d'Imrryr. La salle était déserte, à l'exception d'une forme sombre dans un coin, pareille à une volute de fumée, qui s'éleva alors pour finalement disparaître.

Rachkir alla s'asseoir avec force précautions sur la première marche du Trône de Rubis. Yyrkoon et Elric se regardaient dans les yeux. Puis Elric éclata de rire, sa main heurta le fourreau de son épée.

— Maintenant tu dois accomplir ce que tu m'as promis, mon cousin. J'aurai ensuite une proposition à te faire.

— C'est un véritable champ de foire ! fit Rackhir en s'appuyant sur son coude et en inspectant la plume de son chapeau rouge. Que de pactes !

5

LA CLÉMENCE DE L'EMPEREUR ALBINOS

Yrkoon s'éloigna du lit de sa sœur. Les traits tirés, il dit alors d'une voix étouffée :

— C'est terminé.

Puis il se dirigea vers la fenêtre et regarda les tours d'Imrryr, le port où étaient ancrés les frégates dorées et le navire que le Seigneur Straasha avait offert à Elric.

» Elle va bientôt se réveiller, ajouta Yyrkoon, l'air absent.

Dyvim Tvar et l'Archer Rouge observaient Elric, agenouillé près du lit, les yeux fixés sur le beau visage de Cymoril, empreint de sérénité ; et à un moment donné Elric soupçonna le Prince Yyrkoon d'avoir menti et d'avoir tué Cymoril. Mais les paupières s'ouvrirent, puis les yeux. Elle le vit et lui sourit.

— Elric ? Tous ces rêves... Tu n'as pas de mal ?

— Non, je n'ai pas de mal, Cymoril, pas plus que toi.

— Yyrkoon ?

— C'est lui qui t'a réveillée.

— Mais tu avais juré de le tuer...

— J'ai été victime de la sorcellerie, comme toi. Mon esprit était alors plongé dans la confusion. Il l'est encore pour certaines choses. Mais Yyrkoon n'est plus le même. Je l'ai battu aux armes. Il ne doute plus de ma puissance. Il ne cherche plus à usurper le trône.

— Un bel acte de clémence, fit-elle en écartant ses cheveux noirs de son visage.

Elric lança un coup d'œil à Rackhir.

— Ce n'est peut-être pas la clémence qui m'a fait agir ainsi, fit observer Elric, mais peut-être simplement un sentiment de fraternité à l'égard d'Yyrkoon.

— Un sentiment de fraternité ? Ne me dis pas que tu éprouves un tel sentiment... !

— Nous sommes tous les deux de simples mortels,

tous les deux victimes d'une conjuration des Seigneurs d'En-Haut. Ma sympathie va donc à ceux de ma race, et c'est pour cette raison que je ne hais plus Yyrkoon.

— Et c'est ce qu'on appelle de la clémence! fit Cymoril.

Yyrkoon se dirigea vers la porte.

— Puis-je sortir, mon Empereur?

Elric crut percevoir une lueur étrange dans les yeux de son cousin. Mais peut-être était-ce seulement l'humilité ou le désespoir. Il fit oui de la tête. Yyrkoon sortit et referma doucement la porte.

Dyvim Tvar dit alors :

— Défiez-vous d'Yyrkoon, Elric. Il vous trahira de nouveau...

Le Seigneur des Cavernes des Dragons avait l'air inquiet.

— Non, dit Elric. Même s'il ne me craint pas, il craint la nouvelle épée que je porte.

— Mais vous devriez aussi la craindre vous-même, rétorqua Dyvim Tvar.

— Non, fit Elric. J'en suis maître.

Dyvim Tvar s'apprêta à dire quelque chose, mais il hocha la tête d'un air presque désolé et s'inclina. Il quitta la chambre en compagnie de Rackhir. Elric et Cymoril étaient de nouveau seuls.

Cymoril prit Elric dans ses bras. Ce furent des baisers, et aussi des pleurs.

La fête dura une semaine entière. Presque tous les navires et leurs équipages, ainsi que les dragons, étaient de retour. Elric également. Il venait de faire valoir ses droits à gouverner; et de l'Empereur légitime on accepta le caractère étrange (cette « clémence » était peut-être le trait le plus étrange de son caractère).

Dans la salle du trône fut donné un bal, le bal le plus somptueux que les courtisans eussent jamais vu. Elric se fit le cavalier de Cymoril, et tous deux prirent part aux divertissements. Seul Yyrkoon ne dansait pas. Il préférait rester dans un coin calme, en dessous de la galerie des esclaves-musiciens, à l'abri des regards. Rackhir, l'Archer Rouge, dansa avec plusieurs dames auxquelles il donna des rendez-vous galants, car il était devenu à Melniboné un héros. Dyvim Tvar fut aussi de la danse, mais son regard devenait anxieux chaque fois qu'il rencontrait celui du Prince Yyrkoon.

Pendant le festin, Elric parla à Cymoril. Ils étaient tous deux assis sous le dais du Trône de Rubis.

— Accepterais-tu la couronne d'Impératrice, Cymoril ?

— Tu sais que je veux t'épouser, Elric. Tu le sais depuis longtemps, non ?

— Ainsi, tu acceptes d'être ma femme ?

— Oui, fit-elle en riant, croyant à une plaisanterie.

— Sans être Impératrice ? Pendant toute une année au moins ?

— Que veux-tu dire par là, mon seigneur ?

— Je dois partir durant un an, Cymoril. Fort de l'expérience de ces derniers mois, j'ai décidé de parcourir les Jeunes Royaumes, de voir comment les autres nations gèrent leurs affaires. Je pense en effet que Melniboné doit se transformer si elle veut survivre. Je suis certain qu'elle pourrait devenir une grande puissance, car elle est encore très puissante.

— C'est vrai ? demanda Cymoril, surprise et inquiète à la fois. Mais Melniboné ne s'est jamais préoccupée de ce qui était bien ou de ce qui était mal, uniquement de ce à quoi elle aspirait.

— Or j'aimerais que cela change.

— Tu as l'intention de tout changer ?

— J'ai l'intention de parcourir le monde afin de voir si une telle décision se révèle être nécessaire. Les Seigneurs d'En-Haut ont des visées sur notre royaume. Ils m'ont octroyé leur aide dernièrement, mais je les crains. J'aimerais voir si l'homme ne peut pas gérer lui-même ses affaires.

— Alors tu vas partir ? demanda-t-elle, les yeux emplis de larmes. Quand ?

— Demain, en même temps que Rackhir. Nous prendrons le navire du Seigneur Straasha et nous mettrons le cap sur l'Ile des Cités Pourpres, où Rackhir a des amis. Viendras-tu ?

— Je ne peux pas me faire à l'idée que..., non je ne

peux pas. Oh, Elric, pourquoi gâcher notre bonheur présent ?

— Parce que j'ai le sentiment que nous ne serons pas entièrement heureux tant que nous ne saurons pas qui nous sommes exactement.

Elle fronça les sourcils.

— Alors, c'est cela que tu veux découvrir ? fit-elle lentement. Tu devras le découvrir seul, Elric, car ce n'est pas ce que je cherche. Tu iras seul par ces pays barbares.

— Tu ne m'accompagneras donc pas ?

— C'est impossible. Je... je suis melnibonéenne... Elle soupira. Je t'aime, Elric.

— Moi aussi, je t'aime, Cymoril.

— Alors nous nous marierons à ton retour. Dans un an.

Elric était triste, mais il savait qu'il devait partir. S'il ne le faisait pas, l'angoisse ne tarderait pas à s'emparer de lui, et il risquait alors de considérer Cymoril comme une ennemie, une ennemie qui l'aurait enfermé dans son piège.

— Tu gouverneras jusqu'à mon retour, déclara-t-il.

— Non, Elric, je ne peux assumer cette responsabilité.

— Alors, qui gouvernera... ? Dyvim Tvar... ?

— Je connais Dyvim Tvar. Il refusera. Magum olim, peut-être...

— Non.

— Alors tu dois rester, Elric.

Elric promena son regard sur la foule des courtisans et s'arrêta sur une silhouette solitaire assise sous la galerie des esclaves-musiciens. Il sourit alors, d'un sourire ironique, et dit aussitôt :

— Non, ce sera Yyrkoon.

Cymoril fut horrifiée.

— Non, Elric ! Il outrepassera ses pouvoirs...

— Pas en ce moment. Voilà qui serait bien. Il était le seul à convoiter le trône. Il pourra ainsi occuper ce trône à ma place, pendant un an. S'il se révèle bon Empereur, j'abdiquerai peut-être en sa faveur. Mais s'il gouverne mal, ce sera la preuve formelle que ses ambitions étaient mal fondées.

— Elric, fit Cymoril, je t'aime. Mais tu serais un imbécile, un criminel même, si tu rendais ta confiance à Yyrkoon.

— Non, répondit-il sèchement. Je ne suis pas un idiot. Je suis Elric, tout simplement. Et cela, je ne peux rien y faire, Cymoril.

— C'est Elric que j'aime ! cria-t-elle. Mais Elric est damné. Nous serons tous damnés si tu pars !

— Il le faut. C'est parce que je t'aime, Cymoril, que je dois partir.

Elle se leva. Elle était en pleurs. Elle était éperdue.

— Et Cymoril, c'est moi, dit-elle. Tu nous perdras tous les deux.

Sa voix s'était faite plus douce ; elle caressa les cheveux d'Elric.

» Nous nous perdrons, Elric.

— Non, je bâtirai quelque chose de meilleur. Je ferai des découvertes. Lorsque je reviendrai, nous nous marierons, nous vivrons longtemps et serons heureux, Cymoril.

Elric venait de mentir par trois fois. Il avait menti une première fois au sujet de son cousin Yyrkoon, une deuxième fois au sujet de l'Epée Noire, une troisième fois au sujet de Cymoril. Et c'est sur ces trois mensonges que devait être forgée la destinée d'Elric, car l'on ne ment qu'au sujet de choses qui vous tiennent à cœur.

ÉPILOGUE

Il était une fois un port qui s'appelait Menii. La plus humble et la plus agréable des Cités Pourpres. Comme les autres ports de l'île, il était construit sur la roche pourpre, qui aux cités devait donner son nom. C'étaient partout des toits rouges, des voiles de bateaux aux couleurs vives. Ce spectacle, Elric et Rackhir l'Archer Rouge devaient le découvrir dans le petit matin alors que quelques rares pêcheurs descendaient au port.

Le beau navire du Seigneur Straasha était ancré au-delà de la digue. Ils étaient arrivés au port sur un petit bateau. Ils se retournèrent pour regarder le navire. Ils avaient été deux seulement pour le manœuvrer, mais n'avaient éprouvé aucune difficulté.

— Maintenant, je dois partir à la découverte de la légendaire cité de Tanelorn, où je dois trouver la paix, déclara Rackhir sur un ton quelque peu ironique. Il s'étira et bâilla. L'arc et le carquois dansèrent dans son dos.

Elric était vêtu d'un habit très simple qui aurait pu être l'habit d'un soldat de fortune des Jeunes Royaumes. Il avait l'air alerte et détendu. Il souriait dans le soleil. Le seul signe distinctif de son costume, c'était la grande épée runique qu'il portait au côté. Depuis qu'il avait cette épée, il n'avait plus besoin de ses drogues.

— Et moi, je dois partir en quête de connaissances dans les pays que m'a indiqués ma carte, fit Elric à son tour. Je dois faire des découvertes ; et le fruit de ces découvertes, je dois le rapporter à Melniboné à la fin de l'année. Je regrette que Cymoril ne soit pas avec moi, mais je comprends qu'elle n'ait pas voulu venir.

— Tu retourneras là-bas ? demanda Rackhir. Dans un an ?

— C'est pour elle que je retournerai. Ma seule crainte, c'est de faiblir avant ce délai, et de retourner à Melniboné avant que ma quête ne soit terminée.

— J'aimerais venir avec toi, fit Rackhir. J'ai parcouru presque tous les pays et je pourrais te guider comme je t'ai guidé dans les enfers. Mais j'ai juré de trouver Tanelorn, qui n'existe cependant pas vraiment, autant que je sache.

— J'espère que tu trouveras ce que tu cherches, Prêtre Guerrier de Phum, lui dit Elric.

— Je ne ferai plus partie de cette caste, fit Rackhir. Puis il ouvrit de grands yeux. Eh, regarde... Ton navire !

Elric regarda. Il vit alors le Navire des Terres et des Mers s'enfoncer dans les flots. Le Seigneur Straasha reprenait son bien.

— Les Elémentaires sont mes amis, fit Elric. Mais je crains que leur pouvoir ne s'affaiblisse, à l'image de la puissance de Melniboné. Nous autres, de l'Ile aux Dragons, ceux que les Jeunes Royaumes considèrent comme des démons, nous avons beaucoup de choses en commun avec les esprits de l'Air, de la Terre, du Feu et de l'Eau.

— Je t'envie d'avoir de tels amis, en qui tu peux avoir confiance, dit Rackhir alors que les mâts du navire disparaissaient dans l'abîme des flots.

— Oui.

Rackhir regarda alors l'épée runique qui pendait au côté d'Elric.

— Mais je crois que ce sont les seules créatures à qui tu puisses te fier, ajouta-t-il.

Elric se mit à rire.

— Ne t'inquiète pas pour moi, Rackhir. Je suis mon propre maître, pour un an au moins. Et je suis maître aussi, désormais, de cette épée !

Celle-ci parut frémir à son côté. Il dégaina et frappa un léger coup dans le dos de Rackhir. Il éclata de rire et secoua ses blancs cheveux, qui dansèrent au vent. Il leva ses étranges yeux pourpres vers les cieux et dit :

— A mon retour à Melniboné, je serai un autre homme.

POSTFACE

Mes contes d'Elric pour lesquels j'entretiens des sentiments confus de haine et de passion… par Michaël Moorcock

Très aimable à vous de consacrer tant de temps à Elric — même si celui-ci, parfois, ne mérite pas tant d'honneur ! En effet, je m'inscris en faux contre ces auteurs qui s'expriment en disant : « Mes histoires d'*heroic fantasy* sont extrêmement populaires… etc. » Car je crois que ceux d'entre vous qui les apprécient les reçoivent, certes, avec grand enthousiasme, mais que vous ne formez qu'une minorité restreinte comparée au large cercle des amateurs de la *science fantasy* telle que l'écrivirent autrefois des Jack Vance, Henry Kuttner ou Leigh Brackett ou, encore, telle qu'on pouvait la trouver dans les pulps[1] du genre *Startling* ou *Super Science.*

Néanmoins, il semble que de nos jours, le public soit avide d'informations. Voici donc, en vrac, quelques réflexions sur ce genre de l'*heroic fantasy,* même, si aujourd'hui, personnellement je ne goûte plus guère que les récits de Fritz Leiber, ayant perdu quelque peu des enchantements que m'ont procurés autrefois Lord Dunsany, Clark Ashton Smith, Robert E. Howard, J. R. R. Tolkien, ou même Edgar Rice Burroughs en dépit de ce que nombre de critiques ont pu récemment dire de mes propres œuvres.

Le paysage de mes histoires n'est pas physique. Avant tout, il est métaphysique.

Je suis un athée troublé, hésitant, avec, au plus

1. Magazines populaires. (N.d.E.)

profond de moi, un sens religieux indéracinable. (J'ai été élevé dans une ambiance refoulée de mysticisme chrétien.) J'ai donc eu tendance, et particulièrement dans mes premières histoires telles que *Tandis que rient les dieux* [1], à exprimer mes propres problèmes au travers des aventures d'Elric. Inutile de dire que je ne me suis jamais approché d'aucune conclusion, ni n'ai même réussi à faire émerger d'une manière quelconque ces problèmes vers la surface. Je n'avais aucun désir de faire du stylc, nc souhaitant écrire qu'avec mon « âme ». Je n'étais pas en train de raconter une histoire, je racontais *mon* histoire. C'est pourquoi je ne me crois pas, au sens strict du terme, écrivain d'*heroic fantasy;* seules les possibilités de ce genre me fascinent. Et d'ailleurs, pour avoir une meilleure compréhension de ce que je veux signifier par cette exploitation de la forme fantastique, je suggère que vous ayez cette explication en tête en lisant *Lee Seward contre M-A 19* [2], nouvelle écrite en même temps que *Le Trépas du Seigneur condamné* [3], texte final de la saga d'Elric... qui peut également apporter quelque clé.

Je ne suis pas un penseur logique. Si je suis quelque chose, c'est un intuitif. Les faits m'ennuient. Seuls quelques-uns m'inspirent. La physique nucléaire, par exemple, bien que je ne connaisse pratiquement rien à ce domaine, m'excite, particulièrement lorsque j'assiste à des débats à la télévision où les physiciens viennent expliquer leurs théories. Car, en dernier ressort, mon seul intérêt en quelque domaine que ce soit reste littéraire. C'est probablement une vue étroite, mais je suis écrivain, et je m'efforce même d'y réussir. De ma vie je n'ai jamais écrit que deux seules histoires volontairement commerciales (pardon, en fait trois, mais la dernière n'a jamais été publiée). Le reste, pour le meilleur ou pour le pire, a été écrit avec foi. Bref, la physique, c'est non ; la métaphysique, c'est oui. Le seul écrivain de S.F. que j'apprécie est J. G. Ballard. Dans le

1. In *Elric le Nécromancien* (Presses Pocket).
2. In *Le Livre d'Or de Michaël Moorcock* (Ed. Presses Pocket).
3. In *Stormbringer* (Presses Pocket).

domaine de la *fantasy*, le seul qui me plaise véritablement est Fritz Leiber. Il n'y a, dans ce domaine, guère plus que trois œuvres que je puisse encore relire et apprécier, ce sont *The Broken Sword* de Poul Anderson, la trilogie de Merwyn Peake et le *Jurgen* de Cabell. Anderson, par exemple, n'a jamais rien fait de mieux que ce roman. Je crois en effet qu'écrire de la S.F. ruine et tarit le talent d'un écrivain. La seule chose qu'il puisse faire, c'est améliorer sa technique, et ceci aux dépens de son art. Et je me surprends parfois à me juger mauvais écrivain avec de grandes idées, ce qui, à tout prendre, vaut encore mieux que grand écrivain avec de mauvaises idées, ou avec des idées dévaluées. Le domaine des magazines de S.F. est encore un champ d'expérience — où il est même possible de vendre ses erreurs. Mais plus on reste dans ce domaine et plus la tentation de la vente tend à l'emporter sur la pulsion de l'expérimentation.

Ainsi la peur de la mort, que ceci soit dit en passant, est sans doute une autre source d'inspiration pour Elric. Je ne crois pas à la survie après la mort et je ne veux pas mourir. J'espère que j'y échapperai. Peut-être serai-je l'exception qui confirme la règle...

Maintenant quelques remarques plus spécifiques sur Elric, ainsi que quelques points de détails :

D'abord — soyons chicaniers — un point d'orthographe. Contrairement à l'usage anglais, et nonobstant les difficultés que j'ai eues à faire admettre ce fait aux imprimeurs britanniques, Melniboné doit s'orthographier avec un é accentué. Melniboné.

Un commentaire sur *La Cité qui rêve*[1] : Elric s'est servi du vent pour se sauver, abandonnant derrière lui ses camarades dans les griffes des dragons. Ceci, au même titre que le meurtre de Cymoril, est désormais un poids sur sa conscience.

Je ne suis plus sûr aujourd'hui que les habitants d'Imrryr auraient *méprisé* Elric comme je l'ai écrit dans *Tandis que rient les dieux*. Je pense qu'ils auraient accepté sa trahison avec un certain calme, même s'ils

1. In *Elric le Nécromancien* (Presses Pocket).

eussent été obligés d'agir en conséquence ultérieurement.

Lorsque j'écrivis cette histoire, je voyais en Stormbringer un symbole : l'Homme, pour sa confiance autant psychique que physique, a besoin d'un certain nombre de « béquilles » dont il ferait mieux d'apprendre à se passer. Ceci, aujourd'hui, me paraît un peu prétentieux.

La mer est, bien sûr, un océan souterrain, et évidemment non « naturelle » comme Elric le découvrit. La colline, le château, et tous les éléments du décor sont tous dans les entrailles de la terre, car j'avais l'intention, dans cet épisode, de tout situer dans un lieu clos, une sorte de matrice. Et, de même, à la fin de cet épisode, il abandonne Shaarilla à son destin. A cette époque, dans mes écrits, les femmes étaient toujours tuées ou, pour le moins, voyaient quelques tours sinistres s'abattre sur elles. Le seul personnage féminin survivant étant ma propre Belle Dame Sans Merci, Yishana. Mais ceci je ne l'expliquerai pas ici. Trop intime...

Un éclaircissement au sujet du *Voleur d'âmes*[1] : lorsque Theleb K'aarna déclare : « la nature exacte de cette inimitié est un mystère », peut-être n'ai-je pas été assez clair ; mais je crois pourtant avoir expliqué quelque part que K'aarna avait mis au point un stratagème visant à éloigner Elric par l'enjeu de quelque force surnaturelle ou autre. Voilà pourquoi Elric criait vengeance. Cette nouvelle (il faut bien le signaler) fut d'ailleurs la plus populaire de celles que j'ai d'abord écrites. Un psychologue freudien dirait aisément pourquoi...

Je passerai rapidement sur *Les Rois Oubliés*[2] qui, à mon sens, est une des plus faibles de la série et où on ne trouve que peu des éléments constitutifs d'une *véritable* histoire d'Elric.

De même, pas de commentaires sur *Les Porteurs de flamme*[3], bien que j'aie pris quelque plaisir en rédigeant

1. In *L'Epée noire* (Presses Pocket).
2. In *L'Epée noire* (Presses Pocket).
3. In *L'Epée noire* (Presses Pocket).

les séquences de Meerclar ou la fin de l'épisode avec Elric chevauchant le dragon. Ceci n'est rien d'autre qu'un simple récit d'aventures, même s'il me servit à montrer la faiblesse d'Elric quand les événements deviennent plus ardus et qu'il repart à la recherche de son épée. Pareillement me plut l'ultime chute où, lors du retour de l'épée, je dévoile allusivement la « véritable » nature de cette arme.

La dernière partie des aventures d'Elric, conçue primitivement comme une nouvelle intitulée *Black Sword's Brothers* fut, plus tard, élargie et augmentée sous sa forme actuelle [1]. Je revis en particulier l'ouverture de ce texte qui était, comme C. R. Kearns le critiqua justement, un début embrouillé. Dans ma révision finale de cet épisode, je fis de substantielles altérations et éliminai une ou deux contradictions que j'avais laissées passer. A l'époque, je travaillais très dur. J'étais très fatigué.

Enfin, je ne souhaite pas être jugé sur ces textes séparés tels qu'ils furent publiés en nouvelles. Il fallait attendre la publication complète en volume qui, seule, permettait de rétablir une harmonie globale, où des corrections importantes redonnaient une unité qui ne se dévoile qu'à la fin. Seule la dernière histoire écrite, la mieux pensée à mon sens, échappe à ce lot. Si les Seigneurs du Chaos haïssaient ainsi Tanelorn, ce n'était pas tant en raison de son caractère utopique qu'en souvenir de l'ancienne allégeance que les habitants de cette cité devaient autrefois à leurs Seigneurs et du serment juré lors de leur installation à Tanelorn (c'est ainsi que va l'histoire). De toutes les légendes des Jeunes Royaumes, celle-ci est probablement la plus ouvertement philosophique ou mystique, et elle me prit plus de temps qu'une autre dans sa rédaction. J'ai cependant l'intuition que quelques améliorations pourraient être apportées par un jeu plus ample sur les véritables personnages impliqués.

Et si cette histoire, à mon sens, est l'une des plus mornes du cycle d'Elric, j'en trouverai l'explication,

1. In *Stormbringer* (Presses Pocket).

comme je viens de le narrer, dans le caractère décousu de sa construction, mais aussi dans le fait que j'avais alors, d'une certaine manière, perdu mon intérêt pour les aventures d'Elric, ou, mieux, que je venais d'atteindre un point où j'étais à sec d'inspiration avant de me mettre à écrire. Mais, à ma table de travail, mon intérêt renaissait, et avant même d'atteindre la seconde partie, je reprenais plaisir à écrire. Ces histoires d'Elric n'étaient alors qu'un matériau brut destiné à s'organiser ultérieurement en une nouvelle et meilleure ordonnance. En tant qu'individu non logique, j'avais besoin de produire une ample quantité d'histoires pour y trouver les éléments que je désirais réellement retenir. Ainsi des quatre histoires qui composent *Stormbringer, Les Frères de l'Epée noire* et *Le Bouclier du Géant triste* sont les plus faibles. Toutes deux durent être revues (ce que je ne fais pas ordinairement avec mes histoires d'Elric) et ne furent peut-être pas réellement améliorées. Au contraire, mon esprit était sûrement au meilleur de sa forme (ce qui n'est, sans doute, pas énorme pour les critères usuels) lorsque j'écrivis *Le Trépas du Seigneur condamné*[1]. J'ai découvert plus tard que seules les fautes nous sont bénéfiques. Malheureusement pour le lecteur, elles sont déjà imprimées.

Ted Carnell, qui veille sur mes intérêts littéraires, m'a souvent dit qu'il pensait que *Le Songe du Comte Aubec*[2], qui fut primitivement intitulé *Earl Aubec and the Golem* puis *Master of Chaos*, était une sorte de cristallisation de l'ensemble des thèmes développés dans le cycle d'Elric. Et je crois qu'il a raison. Car, même si tout ne s'y retrouve pas, on ne peut nier que l'histoire du Comte Aubec ressortit plus au genre *sword and philosophy* que de l'habituel *sword and sorcery*. La saga d'Elric, ou tout au moins ses meilleures parties, n'ont pas été conçues différemment.

1. In *Stormbringer* (Presses Pocket).
2. In *Elric le Nécromancien* (Presses Pocket).

Un mot sur John Rackham[1] auquel la critique m'a défavorablement comparé. Oui, je crois que ses romans (ou plus exactement ses *occult-thrillers*) survivront à mon œuvre. Même si je doute qu'aucun d'entre nous survive vraiment longtemps. Mais je dois confesser que j'ai été choqué de cette remarque, car toutes les histoires de Rackham que j'ai lues m'ont toujours frappé par leur caractère stéréotypé, fruste, et sans aucun sens « véritable » de l'occulte. (Ceci, sans chercher à définir en quoi peut consister l'occulte.) De plus, je connais John et je sais parfaitement qu'il ne croit pas une seconde à ce qu'il écrit (ni à aucune acception du surnaturel) alors que, comme je viens de le montrer, c'est de tout mon cœur que je crois à mes histoires. Sans doute ai-je tort de m'emporter ainsi sur une seule critique, et particulièrement dans ce cas, où elle n'est que l'honnête expression du goût personnel d'un de mes lecteurs, mais je crois que je suis encore assez jeune pour me sentir sur la défensive. Surtout, au sujet de ce cycle d'Elric pour lequel j'entretiens des sentiments confus de haine et de passion. Ces histoires sont si intimement liées à mes propres obsessions ou problèmes que je ne peux rester insensible à la critique et que je suis obligé de monter à l'assaut.

Lorsque Ted Carnell me demanda de m'atteler à ces séries d'histoires d'*heroic fantasy*, j'ai essayé, autant que possible, de réaliser quelque chose de totalement différent de ce que j'avais pu précédemment lire. Au sujet des épées par exemple, j'hésiterais à affirmer que les deux plus célèbres furent Excalibur et l'Epée chantante de Prince Valliant. Excalibur, sûrement, mais l'autre est bien plus probablement la Durandal de Roland. C'est ainsi que du légendaire traditionnel je tirai l'idée de l'épée magique, même si je dois bien volontiers avouer ma dette envers Poul Anderson.

L'idée d'un personnage albinos est, elle, plus complexe. Etant jeune, je collectionnais un magazine

1. John Rackham est le pseudonyme de John T. Phillifent (1916-1976), auteur britannique de romans de grande consommation qui, à l'époque tenait le haut du pavé, et que la critique a, aujourd'hui, remis au second rang. (N.d.T.)

d'avant-guerre nommé *Union Jack*, publié par la *Sexton Blake's Own Paper*. Blake était l'équivalent anglais de Nick Carter et *Union Jack* ressemblait aux *dime novels* américains, sortes de feuilletons populaires. Parmi les méchants contre lesquels luttait Blake, un des personnages les plus remarquables était un certain M. Zenith, encore nommé Zenith l'albinos, une sorte de héros négatif à la stature inspirée de Byron et qui, pour le lecteur, était infiniment plus sympathique que le héros détective lui-même. De toute manière, les méchants fascinent toujours. J'aimais donc cette idée d'un albinos, qui était exactement ce que je cherchais. Ainsi naquit Elric, l'albinos, influencé également par divers romans gothiques, faisant de lui un personnage nouveau dans le monde de la *sword and sorcery*.

C'est la raison pour laquelle je suis incapable de le penser comme un personnage simple. C'est un héros complexe et même parfois indistinct dans les situations difficiles. Sa soif de vengeance semble n'être en dernier ressort qu'une forme d'extension de sa quête à la recherche de la paix, et sa principale motivation est sans doute de trouver l'oubli dans l'action. Ainsi sa culpabilité envers Nikora réside plus dans le meurtre lui-même que dans la mort d'un homme particulier.

Il y a aussi le personnage de Tristelune dont je ne sais pas si l'exclusion n'aurait pas altéré l'ambiance de ces histoires. Tristelune, avant toute chose, est l'un de mes amis, très proche et très cher, qui me fut, de manières multiples, une aide précieuse dans ces dernières années. Si Elric est mon double fantastique, alors Tristelune est le double fantastique de mon ami. (C'est tout au moins ainsi que je le vois.) Et, comme je ne suis pas totalement lugubre de nature, j'ai ressenti le besoin de Tristelune en contrepoint lorsque Elric devient trop absorbé par lui-même ou s'enfonce trop profondément dans l'auto-apitoiement.

Je suis heureux qu'on ait pu le comparer au Souricier Gris dans la mesure où, comme je l'ai déjà exprimé, je suis un grand fan des aventures de Leiber[1]. Peut-être d'ailleurs Tristelune doit-il quelque chose au Souricier.

1. Voir Fritz Leiber, *Le Cycle des Epées* (Presses Pocket, 6 vol.).

Et si Elric tient beaucoup plus de l'idéaliste que du matérialiste, c'est sans doute une forme de revanche pour tous ceux qui prétendent que je suis moi-même avant tout un matérialiste. Car je n'aime pas être jugé ainsi. Même si c'est vrai.

L'ignorance du danger dont Elric fait preuve relève sans doute de la nature même de la panique plus que d'un courage véritable. Alors que le Souricier, loin d'ignorer le danger, le jauge et réagit en fonction. Conan, lui...

La cosmologie de la saga d'Elric a vraisemblablement deux sources principales d'inspiration : le zoroastrisme (que j'admire) et le roman d'Anderson *Trois cœurs, trois lions*[1]. C'est de là que tout découle. En voici un schéma simplifié :

LA MAIN COSMIQUE
»
»
»
»
»
Balance

Ordre	Chaos

Les Seigneurs Gris
Les Elémentaux
Les Hommes
Les Animaux

Les Sorciers de l'Ordre	Les Sorciers du Chaos
les Hommes sous vœux d'Ordre	Les Hommes sous vœux de Chaos

Ceci n'est qu'une carte approximative d'une cosmologie plus complexe qui s'éclaircit dans *Le Trépas du Seigneur condamné* et que le lecteur pourra avoir présent à l'esprit en lisant les dernières aventures.

Voilà qui, j'espère, aidera le lecteur s'il souhaite lire ces histoires d'Elric à un niveau un peu plus élevé. Mais qui le souhaite vraiment ?

« Elric »,
in *Niekas*, 1963.

1. Ed. Garancière.

TABLE DES MATIÈRES

LIVRE III

Achevé d'imprimer en décembre 1987
sur les presses de l'Imprimerie Bussière
à Saint-Amand (Cher)

PRESSES POCKET - 8, rue Garancière - 75285 Paris
Tél. : 46-34-12-80

— N° d'édit. 3005. — N° d'imp. 2795. —
Dépôt légal : décembre 1987.

Imprimé en France